COLLECTION FOLIO

RO+SG

Mars 2006.

Jack London

La piste des soleils

et autres nouvelles

Traduit de l'américain par Paul Wenz

Après l'aventure et la découverte d'1 nature sauvage dans l'appel de la forêt : voici une sorte d'enquête sur des gens bien singuliers et qui

Gallimard

vivent dans un univers empitoyable. Bon voyage

RO

Ces nouvelles sont extraites de *L'amour de la vie* (Folio n° 2747).

Jack London eut une vie mouvementée, hors du commun, digne de ses plus grands romans d'aventures.

Tout commence en janvier 1876 à San Francisco, ville natale de Jack London, de son vrai nom John Griffith. Sa mère, Flora Wellman, abandonnée par son amant qui ne souhaite pas reconnaître le nouveau-né, se retrouve seule sans un sou. Quelques mois plus tard, elle épouse John London qui décide d'endosser le rôle de père et d'assumer pleinement ses nouvelles responsabilités. Et de façon qu'il n'y ait pas de confusion, on rebaptise l'enfant Jack. Son enfance se déroule dans la misère et la marginalité ; il survit grâce à mille petites occupations. Il travaille à la fabrique de conserve, se fait pilleur d'huîtres, avant d'être engagé par une patrouille de pêche chargée d'arrêter les délinquants… Mais surtout, il se découvre à cette période une passion pour la lecture. En 1893, il embarque à bord d'un bateau pour aller chasser le phoque près des côtes japonaises. Ce voyage lui inspirera son premier récit, *Un typhon au large du Japon*, couronné par le prix de la rédaction d'un journal de San Francisco, *Call.* Puis se succèdent plusieurs années d'errance. Il parcourt les États-Unis et remonte jusqu'au Canada où il sera incarcéré pour vagabondage. C'est à cette période qu'il adhère au parti socialiste. Quelques mois après son admission à l'université de Berkeley, il abandonne ses études pour participer à une nouvelle grande aventure : la ruée vers l'or. Cette expérience riche et unique est une source d'inspiration privilégiée et l'amène à écrire son premier livre, *Le fils du loup*, publié en 1900. Ayant accès à une certaine notoriété, il décide de vivre de sa plume. De retour aux États-Unis, il se marie avec Elisabeth Maddern avec qui il aura deux filles. Mais l'appel du grand large est plus fort, et, en 1902, il part à Londres. Terrassé par la vision de cette société où la misère sociale est partout, il décide de partager durant trois mois le quotidien de travailleurs pauvres et de chômeurs sans-logis. *Le peuple de l'abîme* exprime l'extrême révolte de Jack London. L'année d'après, il publie son célèbre *Appel de la forêt* qui connaît un succès foudroyant. Une fois son divorce prononcé, il se remarie avec Charmian Kitterege. En 1905, il est correspondant de guerre en Corée mais se fait très rapidement expulsé par les Japonais. Il publie *La guerre des classes*, témoignage de son fervent engagement aux idées socialistes ; et, dans un tout autre genre, *Croc-Blanc*, où le monde animal et la nature sont une fois encore au cœur de sa réflexion littéraire. En 1907, il se construit un bateau et entreprend de faire le tour du monde. Mais il n'ira pas plus loin que l'Australie : atteint d'une maladie tropicale, il rentre pour se faire soigner. Tout n'est pourtant pas perdu, il rapporte de ce fabuleux voyage de nouveaux récits saisissants.

Jack London a publié de son vivant plus de cinquante ouvrages, traduits dans le monde entier. Devenu riche et célèbre, il meurt en 1916 à l'âge de quarante ans, dans des conditions mystérieuses, peut-être d'une overdose de médicaments, et laisse derrière lui une œuvre d'une grande humanité qui crie sa révolte contre la société et les préjugés.

Découvrez, lisez ou relisez les livres de Jack London

L'AMOUR DE LA VIE (Folio n° 2747)

L'APPEL DE LA FORÊT (Folio Bilingue n° 65)

LA PISTE DES SOLEILS[1]

Sitka Charley fumait sa pipe et regardait, pensif, une gravure de la *Gazette de Police* qui était au mur. Depuis une demi-heure, il la contemplait sans arrêt et depuis une demi-heure je le surveillais sournoisement. Il y avait quelque chose qu'il agitait dans son esprit, et je savais que quoi que ce fût, cela valait la peine d'être connu. Il avait vécu la vie et su regarder, il avait accompli le plus grand des prodiges, en tournant le dos aux siens et, autant que cela était possible à un Indien, en devenant un Blanc, même dans le travail de son esprit. Comme il le disait lui-même, il était venu au chaud, s'était assis près de nous, à notre feu et était devenu un des nôtres.

Jamais il n'avait appris à lire ni à écrire, mais son vocabulaire était remarquable et plus remarquable

1. *Sun dogs* : nom donné au phénomène qui a lieu dans le ciel polaire où le soleil se reflète plusieurs fois et donne l'illusion de plusieurs soleils.

encore était la façon complète dont il avait pris le point de vue du Blanc, l'attitude du Blanc envers les choses.

Nous avions trouvé cette cabine déserte après une longue journée sur la piste. On avait donné à manger aux chiens, on avait lavé les assiettes du souper, fait les lits ; nous étions alors en train de jouir de l'heure la plus délicieuse qui arrive chaque jour, mais une fois seulement chaque jour, sur les pistes de l'Alaska ; l'heure où rien ne vient se mettre entre le corps qui est fatigué et le lit, excepté la pipe du soir. Celui qui précédemment avait occupé la cabine avait décoré les murs de gravures détachées de magazines et de journaux, et c'étaient ces gravures qui avaient retenu l'attention de Sitka Charley dès notre arrivée, deux heures auparavant. Il les avait étudiées profondément, allant de l'une à l'autre, puis revenant à la première ; et je pouvais voir que son esprit était incertain et qu'il était embarrassé.

« Eh bien ? » dis-je finalement pour rompre le silence.

Il prit la pipe de sa bouche et dit simplement : « Je ne comprends pas. »

Il continua à fumer, puis enleva la pipe de sa bouche et s'en servit pour montrer la gravure de la *Gazette de Police.*

« Cette gravure, que signifie-t-elle ? je ne comprends pas. »

Je regardai la gravure. Un homme, de visage absurdement méchant, la main droite pressée dramatiquement sur son cœur, tombait à la renverse sur le parquet. Lui faisant face, il y avait un homme tenant un revolver fumant ; son visage était un mélange d'ange et d'Adonis.

« Un homme est en train de tuer l'autre homme, dis-je, conscient de mon propre embarras et de ma pauvre explication.

— Pourquoi ? dit Sitka Charley.

— Je ne sais pas, avouai-je.

— Cette gravure n'est qu'une fin, dit-il, elle n'a pas de commencement.

— C'est la vie, dis-je.

— La vie a un commencement », fut son objection.

Pour le moment, je n'avais rien à dire ; mais ses yeux rencontrèrent la gravure suivante, une photographie d'un tableau quelconque *Léda et le Cygne.*

« Cette gravure, dit-il, n'a pas de commencement, elle n'a pas de fin. Je ne comprends pas les gravures.

— Regardez celle-ci, lui dis-je en lui indiquant la troisième. Cela signifie quelque chose. Dites-moi ce qu'elle signifie pour vous. »

Pendant quelques minutes il l'étudia.

« La petite fille est malade, dit-il enfin. Ça, c'est le docteur qui la regarde. Ils sont restés debout toute la nuit, voyez, l'huile est basse dans la lampe, la première lumière du matin arrive par la fenêtre. C'est une maladie grave, peut-être mourra-t-elle, c'est pourquoi le docteur regarde avec tant d'attention. Ça, c'est la mère ; c'est une maladie grave parce que la tête de la mère est sur la table, et elle pleure.

— Comment savez-vous qu'elle pleure ? dis-je. Vous ne pouvez pas voir son visage : peut-être est-elle endormie ? »

Sitka Charley me regarda vivement, avec surprise, puis contempla de nouveau la gravure. Il était évident qu'il n'avait pas raisonné l'impression.

Je répétai : « Elle dort peut-être. » Il la regarda de près : « Non, elle ne dort pas, les épaules montrent qu'elle n'est pas endormie. J'ai vu les épaules d'une femme qui pleure. La mère pleure, c'est une grande maladie.

— Et maintenant, vous comprenez la gravure ? » lui dis-je.

Il secoua la tête et demanda : « La petite fille, est-ce qu'elle meurt ? »

C'était à mon tour de garder le silence.

« Est-ce qu'elle meurt ? demanda-t-il encore. Vous êtes un homme qui peint, peut-être savez-vous ? »

Je confessai : « Non, je ne sais pas.

— Ce n'est pas la vie, dit-il d'un ton qui n'admettait pas de réplique. Dans la vie, la petite fille meurt ou guérit. Quelle chose arrive dans la vie ? Dans les gravures rien n'arrive. Non, je ne comprends pas les gravures. »

Il était certainement déçu. C'était son désir de comprendre tout ce que l'homme blanc comprenait, et cette fois-ci, il n'y arrivait pas. Je sentis aussi qu'il y avait du dépit dans son attitude. Il ne pouvait manquer de me forcer à lui montrer où était la sagesse des gravures. Il avait un pouvoir remarquable de voir tout en images ; je le savais depuis longtemps. Il voyait la vie en images, sentait en images ; et pourtant, il ne comprenait pas des images qui avaient été vues par les yeux des autres et exprimées par eux sur une toile, avec de la couleur et des lignes.

« Les images sont des morceaux de vie, dis-je, nous peignons la vie comme nous la voyons. Par exemple, Charley, vous arrivez le long du sentier, il fait nuit. Vous voyez une cabine, la fenêtre est éclairée. Vous regardez au travers de la fenêtre pendant une seconde ou deux, vous voyez quelque chose, puis vous continuez votre chemin. Peut-être voyez-vous un homme écrivant une lettre ; vous avez vu quelque chose sans commencement ni fin. Il n'est rien arrivé, cependant c'est un morceau de la vie que vous avez vu. Vous vous le rappelez après, c'est comme une image dans votre mémoire. La fenêtre, c'est le cadre de la gravure. »

Je voyais que cela l'intéressait, je savais que, tandis que je parlais, il avait regardé par la fenêtre et vu l'homme en train d'écrire une lettre.

« Il y a une image vraie que vous avez peinte et que je comprends, dit-il. C'est une image vraie, elle signifie beaucoup de choses. C'est dans votre cabine, à Dawson. C'est une table de faro, les hommes sont en train de jouer, c'est le grand jeu. Il n'y a plus de limite.

— Comment savez-vous qu'il n'y a plus de limite ? » interrompis-je avec animation ; car c'était ici une occasion de voir mon œuvre jugée par un juge impartial qui ne connaissait que la vie et non l'art, et qui était bien maître de la réalité. De plus, j'étais très fier de ce travail, je l'avais intitulé : *Le dernier tour* et je pensais que c'était une des meilleures choses que j'avais faites.

« Il n'y a pas de jetons sur la table, expliqua Sitka Charley. Les hommes jouent avec des marques, cela veut dire que c'est le toit qui est la limite. Un homme joue avec des jetons jaunes, peut-être un jeton vaut mille dollars, peut-être deux mille. Un homme joue avec des jetons rouges, peut-être valent-ils cinq cents dollars, peut-être mille. C'est le gros jeu, tout le monde joue gros, jusqu'au plafond. Comment le sais-je ? Vous avez fait celui qui donne les cartes avec le sang au visage. (J'étais enchanté.) Le *lookout*[1], vous le faites penché en avant : pourquoi ? Pourquoi sa figure est-elle très tranquille ? Pourquoi celui qui donne est-il un peu rouge ? Pourquoi tous les hommes sont-ils tranquilles ? l'homme aux jetons jaunes, celui aux jetons rouges, celui aux jetons blancs ? Pourquoi personne ne parle-t-il ? Parce qu'il y a beaucoup d'argent, parce que c'est le dernier tour.

— Comment savez-vous que c'est le dernier tour ? demandai-je.

— Le roi est fini, le sept est joué, répondit-il. Personne ne parie sur les autres cartes, elles sont toutes jouées : chacun a la même idée, chacun joue le roi pour perdre, le sept pour gagner. Peut-être la banque perdra-t-elle vingt mille dollars, peut-être gagnera-t-elle. Oui, cette image, je la comprends.

— Pourtant, vous n'en voyez pas la fin ! lui criai-je triomphant. C'est le dernier tour, mais on n'a pas encore abattu les cartes. On ne les abattra jamais

1. Terme de jeu de faro qui est probablement exclusivement américain.

dans le tableau, personne ne saura jamais qui gagne ou qui perd.

— Et les hommes resteront assis là, sans jamais parler, dit-il, tandis que l'étonnement et la terreur se montraient sur sa figure. Et l'un restera penché, et l'autre aura le sang au visage. C'est chose étrange. Ils seront toujours là, et les cartes ne seront jamais jouées.

— C'est un tableau, c'est la vie. Vous avez vu vous-même des choses comme cela. »

Il me regarda pensif, puis dit très lentement :

« Non, comme vous le dites, il n'y a pas de fin à cela : personne ne la saura jamais. Pourtant, c'est une chose vraie. Je l'ai vue, c'est la vie. »

Pendant longtemps il fuma en silence, pesant dans son esprit la sagesse de l'homme blanc au sujet des images, et la vérifiant par les faits qu'il connaissait dans la vie. Il remua la tête plusieurs fois et grogna une fois ou deux. Puis il secoua les cendres de sa pipe, la remplit soigneusement à nouveau et après une pause pensive, la ralluma :

« Moi aussi, j'ai vu maintes images de la vie, dit-il, des images qui n'étaient pas peintes, mais vues avec les yeux. Je les ai regardées par la fenêtre comme j'ai regardé l'homme écrivant la lettre. J'ai vu beaucoup de fragments de vie, sans commencement, sans fin, impossibles à comprendre. »

Changeant subitement de position, il tourna les yeux droit sur moi et me regarda, songeur.

« Dites donc, fit-il, vous êtes un homme peintre. Comment peindriez-vous ce que j'ai vu, cette image sans commencement, dont je ne comprends pas la fin ; un morceau de vie, qui a les lumières du Nord comme chandelle et l'Alaska comme cadre ? »

Je murmurai : « C'est une grande toile. »

Mais il ne répondit pas, car le tableau qu'il avait dans l'esprit était devant ses yeux et il le voyait.

« Il y a beaucoup de noms pour ce tableau, dit-il. Mais on y trouve beaucoup de Sun Dogs et il m'est venu à l'idée de l'appeler le Sun Dog Trail. Il y a longtemps de cela, en automne 97, lorsque, pour la première fois, je vis la femme. Au lac Lindeman, j'avais un canot, un très bon canot Peterborough. J'arrivais par la Passe de Chilcoot avec deux mille lettres de Dawson — car j'étais courrier. À ce moment-là, tout le monde se précipitait au Klondike : il y avait foule sur le sentier, il y avait beaucoup de gens qui abattaient des arbres pour faire des bateaux. C'était la dernière eau, il y avait de la neige en l'air, sur le sol, de la glace sur le lac, dans les remous de la rivière. Chaque jour, il y avait plus de neige et plus de glace. Dans un jour, peut-être dans trois, peut-être dans six, la gelée peut venir, alors plus d'eau, de la glace partout, tout le monde doit marcher. Dawson à six cents milles, c'est une longue marche. Le bateau va vite — tout le monde veut aller par le bateau. Chacun dit : "Charley, deux cents dollars et tu me prends dans le canot — Charley, trois cents dollars, Charley, quatre cents dollars." Je dis non chaque fois, car je suis porteur de lettres.

« Le matin, j'arrive au lac Lindeman : je marche toute la nuit, je suis très fatigué. Je cuis le déjeuner, je mange, puis je dors pendant trois heures sur la rive. Je me réveille, il est dix heures. La neige tombe, il y a du vent, beaucoup de vent qui souffle du bon côté. Il y a aussi une femme assise dans la neige près de moi. C'est une Blanche, elle est jeune, elle est jolie, elle a peut-être vingt ans, peut-être vingt-cinq. Elle me regarde, je la regarde, elle est très fatiguée. Elle n'est pas une femme qui danse, je vois cela tout de suite, elle est une femme bien, bonne, et elle est très fatiguée. "C'est vous Sitka Charley ?" dit-elle. Je me lève vite et roule mes couvertures pour que la neige n'y entre pas. "Je vais à Dawson, dit-elle. Je vais dans votre canot, combien ?"

« Je ne veux personne dans mon canot, je n'aime pas dire non ; alors je dis : "Un millier de dollars." Je le dis pour m'amuser, afin que la femme ne vienne pas avec moi. C'est mieux que de dire non. Elle me regarde fixement puis dit : “Quand partez-vous ?” Je dis tout de suite. Alors elle dit que ça va bien, elle va me donner les mille dollars.

« Que puis-je dire ? Je ne veux pas la prendre et pourtant j'ai donné ma parole qu'elle peut venir pour mille dollars. Je suis surpris. Peut-être plaisante-t-elle, elle aussi, alors je dis “Laissez-moi voir les mille dollars.” Et cette femme, cette jeune femme, toute seule sur le sentier, là dans la neige, sort mille dollars en billets verts, et me les met dans la main. Je regarde l'argent ; je la regarde. Que puis-je dire ? Je dis : “Non, mon canot est trop petit, il n'y a pas de place pour des bagages.” Elle rit, et dit : “Je suis une grande voyageuse. Voici mes bagages.” Elle pousse du pied un petit paquetage dans la neige. Il contient deux couvertures de fourrure, entourées de toile, des effets de femme. Je le soulève — peut-être trente-cinq livres. Je suis surpris. Elle me le prend des mains, elle dit : “Allons, partons.” Elle porte le rouleau dans le canot. Que puis-je dire ? Je mets mes couvertures dans le canot, nous partons. C'est ainsi que je vis la femme pour la première fois. Le vent était bon, je mis la petite voile.

« Le canot fila très vite, comme un oiseau par-dessus les vagues. La femme avait très peur. Je lui demande : “Pourquoi venir au Klondike si vous avez peur ?" Elle rit, d'un rire dur, mais elle a encore très peur. Elle est aussi très fatiguée. Je dirige le canot par les rapides du lac Bennett, l'eau est très mauvaise et la femme pleure parce qu'elle est effrayée. Nous descendons le lac Bennett, il y a de la neige, de la glace, le vent est en tempête, mais la femme est très fatiguée et s'endort.

« Le soir, nous campons à Windy Arm, la femme s'assied près du feu et mange son souper. Je la regarde, elle est jolie ; elle arrange ses cheveux — elle en a beaucoup, bruns et parfois comme de l'or à la lueur du feu. Quand elle détourne la tête — ainsi — cela brille comme de l'or feu. Les yeux sont grands et bruns, parfois chauds comme une bougie derrière un rideau, parfois très durs et brillants comme un morceau de glace brisée sur lequel le soleil luit. Lorsqu'elle sourit, comment puis-je dire ? — lorsqu'elle sourit, je sais qu'un homme blanc voudrait l'embrasser. Jamais elle ne travaille dur, ses mains sont douces comme celles d'un enfant.

« Tout son corps, son bras, sa jambe, ses muscles semblent doux et ronds comme ceux d'un enfant. Sa taille est petite, et lorsqu'elle est debout, lorsqu'elle marche ou remue la tête ou le bras, c'est, je ne sais pas le mot, c'est bon à voir comme… J'ai dit peut-être qu'elle est bâtie avec les lignes d'un beau canot et lorsqu'elle se meut, c'est avec les mouvements d'un bon canot glissant sur l'eau calme ou sautant au travers de l'eau quand elle est blanche, rapide et en colère. C'est très bon à regarder.

« Pourquoi arrive-t-elle au Klondike, toute seule, avec beaucoup d'argent ? Je ne sais pas. Le lendemain je le lui demande. Elle rit et dit: "Sitka Charley, cela n'est pas votre affaire." Le jour après je lui demande son nom. Elle rit et dit : "Mary Jones, c'est mon nom." Je ne sais pas son nom, mais je sais que ce n'est pas Mary Jones.

« Il fait très froid dans le canot, ce qui fait que parfois elle ne se sent pas bien. D'autres fois, elle se sent bien et chante. Sa voix est comme une cloche d'argent, et je me sens très bon comme lorsque je vais à l'église de la Mission de la Sainte-Croix, et lorsqu'elle chante, je me sens fort et je pagaie comme l'enfer. Alors elle rit et dit : "Vous croyez que nous arriverons à Dawson avant la grande gelée, Charley ?" Parfois elle est assise dans le canot et songe dans le lointain, ses yeux comme cela, tout vides. Elle ne voit pas Sitka Charley, ni la glace, ni la neige. Elle est très loin. Elle est souvent comme cela, et parfois, son visage n'est pas bon à voir. Il ressemble à un visage en colère, comme celui d'un homme qui veut en tuer un autre.

« Le dernier jour avant d'arriver à Dawson fut très mauvais. De la glace sur les rives, dans tous les tourbillons, de la glace dans le courant. Je ne puis pagayer, le canot se prend de glace, je ne puis aborder, c'est très dangereux. Pendant ce temps, nous continuons à descendre le Yukon avec la glace. Cette nuit-là, la glace fit grand bruit, elle s'arrêta, le canot s'arrêta, tout s'arrêta. "Descendons à terre", dit la femme. Je dis : "Non, mieux vaut attendre." Peu à peu, tout repart à la dérive. Il y a beaucoup de neige, je ne vois rien. À onze heures dans la nuit, tout s'arrête ; à une heure tout repart de nouveau.

« À trois heures, tout s'arrête. Le canot est brisé comme une coquille d'œuf, mais il est sur la glace et ne peut pas couler. J'entends des chiens qui aboient, nous attendons, nous dormons. Peu à peu le jour vient, il n'y a plus de neige et Dawson est là. Le canot s'est brisé et arrêté juste en face de Dawson. Sitka Charley est venu avec deux mille lettres par la dernière eau.

« La femme loua une cabine sur la colline et pendant une semaine je ne la revis pas. Puis un jour elle vint à moi. "Charley, dit-elle, que diriez-vous de travailler pour moi ? Vous conduirez les chiens, vous vous occuperez du camp et voyagerez avec moi." Je dis que je gagne trop d'argent à porter les lettres.

Elle dit : “Charley, je vous donnerai davantage.” Je lui dis que les hommes avec leur pelle et leur pioche ont quinze dollars par jour dans les mines. Elle dit : “Cela fait quatre cent cinquante dollars par mois.” Et je dis : “Sitka Charley ne manie pas la pioche ni la pelle.” Alors elle dit : “Je comprends, Charley, je vous donnerai sept cent cinquante dollars par mois.” C’est un bon prix, je vais travailler pour elle. J’achète pour elle chiens et traîneaux. Nous voyageons sur le Klondike, la Bonanza et l’Eldorado, sur l’Indian River jusqu’à Sulphur Creek et à Dominion ; nous retraversons la chaîne jusqu’à Gold Bottom et Too much Gold, puis retournons à Dawson. Pendant tout ce temps, elle cherchait quelque chose, je ne sais quoi. Cela m’intrigue. “Que cherchez-vous ?” lui demandai-je. Elle rit : “Vous cherchez de l’or ?” Elle rit puis elle dit : “Cela n’est pas votre affaire, Charley.” Et après cela je n’ai jamais plus demandé.

« Elle a un petit revolver qu’elle porte à sa ceinture. Parfois, le long du sentier, elle s’exerce. Je ris. “Pourquoi riez-vous, Charley ? dit-elle. — Pourquoi jouez-vous avec cela ? dis-je. Ce n’est bon à rien, c’est trop petit ; c’est un jouet d’enfant.” Quand nous retournons à Dawson elle me demande de lui acheter un bon revolver. J’achète un Colt 44. C’est très lourd mais elle le porte tout le temps à sa ceinture.

« À Dawson l'homme arrive, de quel côté, je ne sais pas. Tout ce que je sais c'est qu'il est un "che-cha-quo", ce que vous appelez un "pied-tendre", un nouveau venu. Ses mains sont douces, comme celles de la femme ; jamais il n'a travaillé, son corps est mou. Tout d'abord je pense qu'il est peut-être son mari, mais il est trop jeune et puis, je le sais, ils font deux lits. Il peut avoir vingt ans. Ses yeux sont bleus, ses cheveux jaunes, il a une petite moustache qui est jaune aussi. Il s'appelle John Jones, c'est peut-être son frère, je ne sais pas, je ne fais plus de questions. Seulement je ne crois pas que cela soit son nom ; d'autres personnes l'appellent M. Girvan. Je ne crois pas que ce soit son nom, je ne crois pas qu'elle s'appelle Miss Girvan, ainsi qu'on la nomme. Je crois que personne ne sait leur nom.

« Une nuit j'étais endormi à Dawson, il me réveille et dit : "Préparez les chiens, nous partons." Je ne demande plus jamais de questions, je prépare les chiens et nous partons. Nous descendons le Yukon, c'est la nuit, en novembre et il fait très froid, 65° au-dessous. Elle est délicate, lui aussi, le froid les mord. Ils sont fatigués et pleurent tout bas. Un peu plus loin, je dis qu'il vaut mieux arrêter et faire le camp. Mais ils disent qu'ils veulent continuer. Trois fois je dis qu'il vaut mieux camper et se reposer, mais chaque fois ils disent qu'il faut continuer. Après cela, je ne dis plus rien. C'est la même chose, jour après jour ; ils ne sont pas endurcis, ils deviennent engourdis de douleur. Ils ne comprennent pas les mocassins et leurs pieds souffrent. Ils boitent, chancellent comme des gens ivres, ils geignent tout bas et disent tout le temps : "En avant, en avant, allons plus loin." Ils vont comme des gens fous, sans s'arrêter. Pourquoi ? Je ne sais pas. Après quoi courent-ils ? Je ne sais pas. Ce n'est pas de l'or qu'ils cherchent, car il n'y a pas de nouvelles découvertes, et puis ils dépensent beaucoup d'argent. Mais je ne fais plus de questions. Moi aussi, je continue à avancer plus loin, toujours plus loin parce que je suis fort et que je suis payé magnifiquement. Nous arrivons à Circle City. Ce qu'ils cherchent n'est pas là. Je pense que nous allons nous reposer, nous et les chiens ; mais nous ne prenons pas de repos, pas un seul jour. "Viens, dit la femme à l'homme, allons toujours." Et nous continuons. Nous quittons le Yukon, nous traversons la chaîne dans la direction de l'ouest et nous nous dirigeons vers le pays de Tanana.

« Il y a un nouveau champ d'or, mais ce qu'ils cherchent n'est pas là. Nous reprenons la piste pour Circle City.

« C'est une dure étape. Décembre est presque fini.

Les jours sont courts, il fait très froid. Un matin il fait 70° au-dessous. “Il vaut mieux ne pas voyager aujourd’hui, dis-je, autrement la gelée mordra nos poumons. Après cela viendra la toux mauvaise et peut-être au printemps prochain la pneumonie.” Mais ils sont tous deux des “checha-quo”, ils ne comprennent pas la piste. Ils sont comme des morts tant ils sont fatigués mais ils disent : “Allons, continuons.”

« Nous continuons. La gelée leur mord les poumons et ils attrapent la toux sèche. Ils toussent jusqu’à ce que les larmes leur coulent sur les joues. Lorsque le lard est en train de frire, il faut qu’ils s’éloignent du feu et qu’ils aillent tousser pendant une demi-heure dans la neige. Leurs joues sont un peu gelées de sorte que la peau devient noire et très douloureuse. L’homme se gèle le pouce ; l’extrémité a l’air de vouloir tomber, et il lui faut porter un gros pouce sur sa mitaine afin de le tenir chaud. Et parfois lorsque le pouce a très froid, quand la gelée mord fortement, il doit enlever sa mitaine et mettre sa main entre ses jambes, contre la peau afin de se réchauffer le pouce.

« Nous arrivons boitant à Circle City, et même moi, Sitka Charley, je suis fatigué. C’est la veille de Noël ; je danse, je bois et me donne du bon temps, car le lendemain c'est Noël et nous nous reposerons. Mais non. Il est cinq heures du matin, le matin de Noël, je dors deux heures. L'homme est debout à mon lit. "Viens, Charley, dit-il, harnache les chiens. Nous partons." N'ai-je pas dit que je ne demande plus de questions : ils me payent sept cent cinquante dollars par mois : ils sont mes maîtres, je suis leur homme. S'ils disent : "Venez Charley, partons pour l'enfer", je mettrai le harnais aux chiens, ferai siffler le fouet et partirai pour l'enfer. Je mets les chiens au traîneau et nous descendons le Yukon. Où allons-nous ? Ils ne le disent pas. Ils disent simplement : "En avant, il faut que nous allions de l'avant."

« Ils sont très fatigués. Ils ont fait maintes centaines de milles et ils ne comprennent pas les choses de la route. De plus leur toux est très mauvaise, cette toux sèche qui fait jurer les hommes forts et qui fait pleurer les faibles. Mais ils continuent, chaque jour ils vont plus loin. Jamais ils ne laissent les chiens se reposer, ils achètent toujours de nouveaux chiens.

« À chaque camp, à chaque poste, chaque village indien, ils lâchent les chiens fatigués et les remplacent par des chiens frais. Ils ont beaucoup d'argent, de l'argent sans fin, et le dépensent comme de l'eau. Sont-ils fous ? Parfois je me le demande, car il y a chez eux un diable qui les pousse en avant, toujours en avant. Qu'essayent-ils de trouver ? Ce n'est pas de l'or, car jamais ils ne creusent le sol. Pendant longtemps je songe. Alors je pense que c'est un homme qu'ils cherchent. Mais quel homme ? Jamais nous ne le voyons, cependant ils sont comme des loups sur les traces du gibier à tuer. Mais ce sont des loups étranges, délicats, des louveteaux qui ne comprennent pas les choses du sentier. Ils pleurent tout haut, la nuit dans leur sommeil, ils geignent et se plaignent de la douleur de leur fatigue. Le jour, tandis qu'ils chancellent sur le sentier, ils pleurent tout bas. Ce sont de drôles de loups.

« Nous passons Fort Yukon, nous passons Fort Hamilton, puis Minook. Janvier est arrivé et déjà presque parti. Les jours sont très courts. Le jour se lève à neuf heures, la nuit arrive à trois heures. Il fait froid et même moi, Sitka Charley, je suis fatigué. Est-ce que nous allons marcher ainsi sans arrêter, éternellement ? Je ne sais pas. Mais je regarde toujours le long de la piste pour voir ce qu'ils cherchent. Il y a peu de gens sur le chemin ; nous voyageons quelquefois cent milles et ne voyons pas signe de vie. Tout est tranquille, pas un son. Parfois il neige et nous ressemblons à des spectres errants. Parfois le ciel est clair et au milieu du jour le soleil nous regarde un moment par-dessus les collines qui sont au sud. Les lumières du nord enflamment le ciel et les soleils Sun Dogs dansent et l'air est rempli de poussière de gelée.

« Je suis Sitka Charley, un homme fort. Je suis né sur la piste et j'y ai passé tous mes jours. Et pourtant, ces louveteaux m'ont fatigué. Je suis maigre comme un chat affamé et suis content de trouver mon lit le soir, et le matin je suis éreinté. Malgré cela nous sommes toujours en route dans l'obscurité, avant que le jour ne se lève, et l'obscurité de la nuit nous trouve encore sur le sentier. Les deux louveteaux ! Si je suis maigre comme un chat affamé, ils sont comme des chats qui n'ont jamais mangé et qui sont morts. Leurs yeux se sont enfoncés profondément dans leurs têtes, brillants parfois de fièvre et parfois éteints et voilés comme les yeux des morts. Leurs joues sont creusées comme les grottes dans une falaise ; des joues qui sont noires et à vif d'avoir été souvent gelées. Parfois c'est la femme qui le matin dit : "Je ne puis pas me lever, je ne puis pas bouger ; laissez-moi mourir." C'est l'homme qui est debout près d'elle et qui dit : "Allons marchons." Et ils continuent. Et parfois c'est l'homme qui ne peut pas se lever et la femme dit : "Allons marchons." Mais il y a une chose qu'ils font toujours, c'est d'aller de l'avant, sans arrêter. Parfois aux postes des *traders*, l'homme et la femme reçoivent des lettres — je ne sais pas ce qu'elles contiennent — mais ils suivent une trace et ces lettres mêmes sont la trace.

« Une fois, un Indien leur donne une lettre, je lui parle à part. Il dit que c'est un homme borgne qui lui a donné la lettre, un homme qui voyage rapidement en descendant le Yukon. C'est tout, mais je sais que les louveteaux sont après l'homme qui n'a qu'un œil.

« Nous sommes en février et nous avons voyagé quinze cents milles. Nous approchons de la mer de Behring, il y a des tempêtes et des blizzards. La marche est dure. Nous arrivons à Anvig. Je ne sais pas, mais je suis sûr qu'ils auront une lettre à Anvig, car ils sont fort agités et disent : "Venez, dépêchez-vous, allons de l'avant." Mais je dis qu'il nous faut acheter de la nourriture, eux disent qu'il faut voyager rapidement et sans beaucoup de bagage. Ils disent aussi que nous pouvons nous approvisionner à la cabine de Charley Mc Keon. Alors je sais qu'ils prennent la grande traverse, car c'est là que vit Charley Mc Keon, où le Rocher Noir se dresse près de la piste.

« Avant de partir, je cause peut-être deux minutes avec le prêtre à Anvig. Oui il y a un homme borgne qui est passé et qui voyage vite. Et je sais que l'homme qu'ils cherchent est celui qui n'a qu'un œil. Nous quittons Anvig avec peu de nourriture et voyageons, légers et vite. Nous avons trois chiens frais achetés à Anvig, nous allons rapidement. L'homme et la femme sont comme fous ; nous partons de meilleure heure le matin, nous arrêtons plus tard le soir. Je regarde parfois si ces deux louveteaux ne vont pas mourir, mais ils ne meurent pas. Ils vont, vont toujours. Lorsque la toux les saisit durement, ils tiennent leurs mains contre leur estomac et se couchent pliés en deux dans la neige, puis toussent et toussent. Ils ne peuvent marcher ni parler. Ils toussent peut-être pendant dix minutes, peut-être une demi-heure puis se redressent ; les larmes que la toux leur a arrachées sont gelées sur leur figure, mais ils répètent : "Allons, continuons à marcher."

« Même moi, Sitka Charley, je suis très fatigué et je pense que sept cent cinquante dollars sont peu pour le travail que je fais. Nous prenons la grande traverse, la piste est fraîche. Les louveteaux ont le nez sur la piste et disent : "Dépêchons-nous." Et tout le temps ils disent : "Vite, plus vite, plus vite." C'est dur pour les chiens. Nous n'avons pas beaucoup de nourriture, nous ne pouvons pas leur donner assez à manger et ils faiblissent. Il faut qu'ils travaillent dur. La femme a vraiment pitié d'eux et souvent, les larmes lui viennent aux yeux à cause d'eux. Mais le diable qui est en elle, qui la pousse, ne veut pas la laisser s'arrêter et donner du repos aux chiens.

« Nous atteignons alors l'homme qui n'a qu'un œil : il est dans la neige, près de la piste, et il a une jambe cassée. À cause de sa jambe, il a mal fait son camp ; il est resté couché dans ses couvertures pendant trois jours et a entretenu son feu. Lorsque nous le trouvons, il est en train de jurer, il jure comme l'enfer ; jamais je n'ai entendu un homme jurer ainsi. Je suis content ; maintenant qu'ils ont trouvé ce qu'ils cherchaient, nous allons nous reposer.

« Mais la femme dit : "Partons, dépêchons-nous." Je suis surpris. Le borgne dit : "Ne vous occupez pas de moi. Donnez-moi votre nourriture, vous en trouverez d'autre demain à la hutte de Mc Keon. Envoyez-moi Mc Keon demain, mais continuez votre chemin." Voici un autre loup, un vieux loup, et lui aussi n'a que cette pensée : aller de l'avant. Nous lui donnons donc notre nourriture, qui n'est pas grand-chose ; nous coupons du bois pour son feu, prenons ses chiens les plus forts et partons. Nous laissons le borgne dans la neige où il mourut parce que Mc Keon n'alla jamais le chercher. Je ne sais pas quel était cet homme et comment il se trouvait là ;

mais je crois qu'il avait été bien payé, comme moi, par l'homme et la femme, afin de travailler pour eux.

« Ce jour-là et cette nuit-là, nous n'avons rien à manger, et tout le jour suivant nous voyageons vite et nous nous sentons faibles de faim. Nous arrivons alors à la Roche Noire, haute de cinq cents pieds. C'était la fin du jour, l'obscurité descendait et nous ne pouvions pas trouver la hutte de Mc Keon. Nous nous couchons affamés et dès le matin nous cherchons la hutte. Elle n'était pas là, chose étrange, car chacun savait que Mc Keon vivait dans une hutte près de la Roche Noire. Nous étions près de la côte où le vent souffle fort et où il y a beaucoup de neige. Partout de petites collines de neige amoncelées par le vent. Bientôt, je découvre les murs de la hutte et je creuse pour arriver à la porte. J'entre, Mc Keon est mort, peut-être depuis deux ou trois semaines. Un mal l'a frappé, il n'a pas pu quitter la hutte que le vent et la neige ont ensevelie. Il avait mangé ses provisions et était mort. Je cherchai sa cache, mais il n'y avait pas de provisions. “Continuons”, dit la femme. Ses yeux étaient affamés, elle avait la main sur son cœur comme si quelque chose lui faisait mal. Et debout, elle se penchait d'avant en arrière comme un arbre secoué par le vent. “Oui, allons”, dit l'homme. Sa voix était creuse comme le cri d'un vieux corbeau et la faim commençait à l'affoler.

« Moi aussi je dis "Allons" car cette seule pensée, qui m'avait cinglé comme la lanière d'un fouet à chacun de ces quinze cents milles, s'était brûlée dans mon âme et je crois que je devenais fou, moi aussi. De plus, il nous fallait aller de l'avant car nous n'avions plus de provisions. Et nous continuons sans songer au borgne qui était dans la neige.

« On ne voyage guère sur la grande traverse ; parfois deux ou trois mois s'écoulent sans que personne ne passe. La neige avait couvert la piste et il n'y avait aucune trace de passage. Le vent souffle et la neige tombe toute la journée ; et nous marchons toute la journée tandis que notre estomac ronge sa faim et que notre corps devient plus faible à chaque pas. C'est alors que la femme commence à tomber, puis c'est le tour de l'homme. Je ne tombai pas, mais mes pieds étaient lourds, je chancelai et trébuchai maintes fois.

« Cette nuit-là, la dernière de février, je tue trois ptarmigans avec le revolver de la femme et cela nous redonne quelque force. Mais les chiens n'ont rien à manger : ils essayaient de manger leurs harnais faits de cuir de walrus ; il me faut les éloigner à coups de bâton et suspendre les harnais à un arbre. Toute la nuit, ils hurlent et se battent au pied de l'arbre. Mais nous n'y faisons pas attention et dormons comme des morts, et le matin nous nous réveillons comme des morts dans leurs tombeaux et partons sur la piste.

« Ce matin-là, premier jour de mars, je vois la première trace de ce que les louveteaux cherchent. Le temps est clair et froid, le soleil brille plus longtemps dans le ciel, il y a des Sun Dogs et l'air est plein de gelée en poussière. La neige ne tombe plus sur la piste et je vois des empreintes fraîches de chiens et d'un traîneau. Il y a un homme avec cet équipage et je puis reconnaître dans la neige qu'il n'est pas fort. Lui non plus, n'a pas assez à manger. Les louveteaux, eux aussi, voient les traces fraîches, ils sont très agités. "Dépêchons-nous, Charley, plus vite !"

« Nous nous hâtons très lentement ; l'homme et la femme tombent à chaque pas. Quand ils essaient de monter dans le traîneau, les chiens qui sont trop faibles tombent aussi. De plus, il fait si froid que s'ils restent dans le traîneau ils seront gelés. C'est très facile d'être gelé quand on a faim. Lorsque la femme tombe, l'homme l'aide à se relever ; parfois c'est la femme qui aide l'homme. Puis ils tombent tous deux et je dois les aider sans cesse, autrement ils ne se relèveront pas et mourront dans la neige. C'est un travail très dur, car je suis éreinté ; il me faut conduire les chiens, et l'homme et la femme sont lourds, sans force dans leur corps. Peu à peu, moi aussi je tombe dans la neige, et il n'y a personne pour me relever, et je dois me relever tout seul, les relever et faire marcher les chiens.

« Cette nuit-là, je tue un ptarmigan, nous avons très faim et, cette nuit-là, l'homme me dit : "À quelle heure partons-nous demain, Charley ?" Sa voix est celle d'un fantôme. Je dis : "Vous fixez toujours le départ à cinq heures. — Demain, dit-il, nous partirons à trois heures." Je ris, très amer et lui dis : "Vous êtes un homme mort." Et il répond : "Demain à trois heures."

« Et nous partons à trois heures, car je suis leur homme et ce qu'ils disent de faire, je le fais. Le temps est clair et froid, et il n'y a pas de vent. Quand le jour vient, nous pouvons voir au loin, tout est paisible. Nous n'entendons que le bruit de nos cœurs, et dans le silence, ils battent très haut. Nous sommes tous des somnambules et nous marchons en rêve jusqu'à ce que nous tombions. Alors nous savons qu'il faut nous relever, nous voyons la piste une fois encore et nous entendons nos cœurs battre. Parfois en marchant ainsi dans le rêve, j'ai des pensées étranges. Pourquoi Sitka Charley vit-il ? Pourquoi travaille-t-il dur et est-il affamé ? Pourquoi endure-t-il toute cette souffrance ? Pour sept cent cinquante dollars par mois. Je réponds et je sais que c'est une réponse folle. C'est aussi une réponse vraie. Et depuis lors, je n'aime plus l'argent ; et dès ce jour-là j'acquis une grande sagesse. Une grande lumière se fit et je vis clair, et je compris que ce n'était pas pour l'argent qu'un homme doit vivre mais pour un bonheur qu'aucun homme ne peut donner, ni acheter, ni vendre, et qui est au-delà de la valeur de tout l'or du monde.

« Ce matin-là nous arrivons au dernier camp de l'homme qui est devant nous : c'est un pauvre camp, comme en dresse un homme qui a faim et qui est faible. Il y a sur la neige des morceaux de couvertures et de toile, et je sais ce qui est arrivé. Ses chiens ont mangé leurs harnais et il en a fait d'autres avec ses couvertures. L'homme et la femme regardent ce qu'il y a à voir et un frisson me court dans le dos comme un vent froid sur la peau. Leurs yeux sont fous de fatigue et de faim et brûlent comme du feu, enfoncés dans leur tête. Leurs visages sont comme ceux des gens morts de faim et leurs joues sont noires d'avoir été gelées. "Allons", dit l'homme. Mais la femme tousse et tombe dans la neige, c'est la toux sèche des poumons mordus par la gelée. Elle tousse pendant longtemps, puis comme une femme qui sort de sa fosse, elle se met sur ses pieds. Les larmes sont de glace sur ses joues et son haleine est bruyante chaque fois qu'elle respire et elle dit : “Allons.”

« Nous continuons et nous marchons en rêve dans le silence et, tandis que nous marchons en rêve nous ne sentons pas de douleurs et quand nous tombons, c'est le réveil, et nous voyons la neige et les montagnes et la piste fraîche de l'homme qui est devant nous, et nous sentons tous notre douleur une fois encore.

« Nous arrivons à un endroit où nous pouvons voir loin sur la neige, et ce qu'ils cherchent est devant eux. À un mille de distance, il y a des points noirs sur la neige : les points noirs remuent. Mes yeux sont brouillés et je dois raviver mon âme pour voir. Et je vois un homme avec des chiens et un traîneau. Les louveteaux voient eux aussi. Ils ne peuvent plus parler, mais ils disent à voix basse : “En avant, en avant, dépêchons-nous !”

« Ils tombent, mais ils continuent. Quant à l'homme qui est devant nous, ses harnais faits de couvertures cassent souvent et il doit s'arrêter et les réparer. Nos harnais sont bons, mais j'ai dû les pendre à un arbre chaque nuit. À onze heures, l'homme est éloigné d'un demi-mille ; à une heure il est à un quart de mille. Il est très faible ; nous le voyons tomber dans la neige maintes fois. Un de ses chiens ne peut plus marcher, il coupe ses harnais et le laisse aller. Mais il ne le tue pas. Je le tue d'un coup de hache en passant comme je tue l'un de mes chiens quand ses jambes sont parties et qu'il ne peut plus avancer.

« Maintenant trois cents yards nous séparent. Nous allons très lentement, peut-être à une allure d'un mille par deux ou trois heures. Nous ne marchons pas ; nous tombons tout le temps. Nous nous remettons sur pied, chancelons deux ou trois pas et tombons de nouveau. Et chaque fois, il faut que j'aide l'homme et la femme. Parfois ils se remettent sur les genoux et tombent en avant, peut-être quatre ou cinq fois avant d'être de nouveau sur pied. Mais ils tombent toujours en avant, qu'ils soient debout ou sur leurs genoux et, chaque fois, ils gagnent du terrain d'une longueur de leur corps.

« Parfois ils vont à quatre pattes comme les animaux qui vivent dans la forêt. Nous allons comme des escargots qui vont mourir ; et cependant nous allons plus vite que l'homme qui est devant nous. Car lui aussi tombe tout le temps, et il n'y a pas de Sitka Charley pour l'aider. Maintenant il est à deux cents yards, longtemps après il est à cent yards.

« C'est drôle à regarder, j'ai envie de rire tout haut, ha ! ha ! comme cela, tant c'est drôle. C'est une course d'hommes morts et de chiens morts. C'est comme un mauvais rêve dans lequel vous courez très vite pour sauver votre vie, et vous allez très lentement. L'homme qui est avec moi est fou, la femme aussi. Tout le monde est fou, et j'ai envie de rire tant c'est drôle.

« L'étranger qui est devant nous laisse ses chiens derrière lui et va seul à travers la neige. Longtemps après, nous arrivons près des chiens ; ils sont couchés sans force dans la neige, avec leurs harnais de couvertures et de toile sur eux, le traîneau derrière eux et lorsque nous les dépassons, ils crient et pleurent comme des enfants qui ont faim.

« Alors nous aussi, nous laissons les chiens en arrière et nous allons seuls sur la neige. C'en est presque fait de l'homme et de la femme ; ils murmurent, geignent et sanglotent, mais ils marchent. Moi aussi, je vais de l'avant. Je n'ai qu'une seule pensée : atteindre l'étranger. Alors je pourrai me reposer, mais pas avant, et il me semble que je me coucherai et dormirai pendant mille ans, tant je suis las.

« L'étranger est à cinquante yards, tout seul dans la neige blanche. Il tombe, rampe, chancelle, tombe et rampe à nouveau. Il est comme un animal grièvement blessé qui essaye d'échapper au chasseur. Peu à peu il va à quatre pattes, il ne tient plus debout. L'homme ni la femme ne sont debout ; eux aussi rampent après lui à quatre pattes. Mais moi je suis debout : parfois je tombe mais je me remets toujours.

« C'est étrange à voir. Tout est neige et silence et, au milieu de tout cela, l'homme et la femme se traînent derrière l'étranger. De chaque côté du soleil, il y a les soleils, il y a trois soleils dans le ciel. La poussière de la gelée est comme la poussière du diamant et l'air en est plein. Ici la femme tousse et reste tranquille dans la neige jusqu'à ce que l'accès soit passé, puis elle continue à se traîner. L'homme regarde en avant, ses yeux sont chassieux comme de vieillesse et il lui faut les frotter afin de voir l'étranger. Et maintenant l'étranger regarde par-dessus son épaule. Et Sitka Charley, debout, tombe et se remet sur ses pieds.

« Longtemps après, l'étranger ne se traîne plus. Il se met lentement sur ses pieds et titube d'avant en arrière. Il enlève une mitaine et attend le revolver en main, le corps se balançant toujours d'avant en arrière. La figure n'est que peau et os et noire d'avoir été gelée. C'est une figure affamée : les yeux sont enfoncés et les lèvres sont hargneuses. L'homme et la femme eux aussi se mettent debout et très lentement s'avancent vers lui. Partout ce n'est que neige et silence, et dans le ciel il y a trois soleils et l'air brille de la poussière de diamants.

« Et c'est ainsi que moi Sitka Charley j'ai vu les louveteaux à la curée. Pas un mot ; seulement l'étranger grogne et montre sa figure affamée. Son corps se balance, ses épaules tombent, ses genoux plient et ses jambes sont écartées afin de ne pas tomber. L'homme et la femme s'arrêtent peut-être à cinquante pieds. Ils écartent leurs jambes eux aussi pour ne pas tomber, et leurs corps se balancent. L'étranger est très faible, son bras tremble et lorsqu'il tire sur l'homme, la balle se perd dans la neige. L'homme ne peut pas enlever sa mitaine : l'étranger tire encore, mais cette fois la balle se perd en l'air. Alors l'homme prend la mitaine entre ses dents et la tire, mais sa main est gelée et il ne peut pas tenir le revolver qui tombe dans la neige.

« Je regarde la femme : elle a enlevé sa mitaine et tient le gros Colt. Elle tire trois fois, vite. La face affamée de l'étranger est encore hargneuse tandis qu'il tombe en avant dans la neige.

« Ils ne regardent pas l'homme mort, et disent : "Allons." Et nous allons ; mais maintenant qu'ils ont trouvé ce qu'ils cherchaient, ils sont comme morts.

La dernière étincelle de force est sortie d'eux, ils ne peuvent plus se tenir sur leurs pieds. Ils ne veulent pas se traîner mais ne demandent qu'à fermer les yeux et à dormir. Je vois non loin un endroit pour camper : je leur donne des coups de pied, je les frappe de mon fouet à chiens, ils pleurent tout haut, mais ils se traînent jusqu'à l'emplacement du camp. Je fais un feu pour les empêcher de geler et je vais chercher le traîneau. Je tue aussi les chiens de l'étranger afin que nous ayons de la nourriture et que nous ne mourions pas. Je mets l'homme et la femme dans leurs couvertures et ils s'endorment. Parfois je les réveille et leur donne un peu à manger. Ils ne se réveillent pas mais mangent. La femme dort pendant une demi-journée, puis se réveille et se rendort. L'homme dort deux jours, se réveille et se rendort. Après cela nous descendons vers la côte, à Saint-Michel, et lorsque la glace disparaît de la mer de Behring, l'homme et la femme prennent le bateau à vapeur. Mais d'abord ils me payent mes sept cent cinquante dollars par mois et me font cadeau de mille dollars. Et c'est cette année-là que Sitka Charley donna beaucoup d'argent à la Mission de Sainte-Croix.

— Mais pourquoi ont-ils tué l'homme ? » demandai-je.

Sitka Charley ne répondit pas avant d'avoir allumé sa pipe. Il regarda l'illustration de la *Gazette de Police* et secoua la tête familièrement. Puis il dit lentement et songeur :

« J'ai beaucoup pensé : je ne sais pas. C'est quelque chose qui est arrivé, c'est une image que je me rappelle. C'est comme de regarder par la fenêtre et de voir l'homme écrivant une lettre. Ils sont entrés dans ma vie et ils en sont sortis ; et l'image est comme je l'ai décrite, sans commencement, avec une fin incompréhensible.

— Vous avez peint maints tableaux dans votre récit, lui dis-je.

— Oui, fit-il en secouant la tête, mais ils sont sans commencement ni fin.

— Le dernier tableau a une fin, dis-je.

— Oui, mais quelle fin ?

— C'était un morceau de vie, dis-je.

— Oui, répondit-il, un morceau de vie. »

L'IMPRÉVU

C'est chose facile que de voir ce qui saute aux yeux, de faire ce qui est prévu. La tendance de la vie individuelle est plutôt statique que dynamique ; cette tendance devient propulsion grâce à la civilisation où on ne voit que ce qui est évident, où l'imprévu arrive rarement. Lorsque l'inattendu arrive cependant et qu'il amène de graves conséquences, les faibles succombent. Ils ne discernent pas ce qui n'est pas facile à voir, ils ne peuvent pas agir contre l'inattendu, incapables qu'ils sont d'ajuster leurs vies bien réglées dans des ornières nouvelles et étranges. Bref lorsqu'ils arrivent au bout de leur ornière, ils meurent.

D'autre part, il y a des hommes qui s'arrangent à survivre, des individus entraînés qui échappent à la règle de l'évidence et de ce qui est prévu et qui ajustent leurs vies à toutes les règles étranges qu'elles peuvent rencontrer ou auxquelles elles sont forcées de s'assujettir.

Edith Whittlesey était de ces individus. Elle était née dans un district rural d'Angleterre où la vie s'écoule, arrangée d'avance, et où l'imprévu est tellement inattendu que lorsqu'il arrive, il est considéré comme quelque chose d'immoral.

De bonne heure elle se mit en service et tandis qu'elle était jeune encore, par une progression réglée, elle devint femme de chambre d'une dame.

L'effet de la civilisation est d'imposer la loi humaine à tout ce qui environne l'homme jusqu'à ce que tout devienne d'une régularité de machine. On élimine ce qui est contestable, on se prépare à l'inévitable. On n'est même pas mouillé par la pluie, ni refroidi par la gelée. Et la mort, au lieu de s'avancer horrible et accidentelle, devient un spectacle arrangé d'avance ; elle se dirige, suivant une ornière bien tracée, vers le caveau de famille dont les gonds sont préservés de rouille et dont la poussière est sans cesse balayée.

C'était le milieu dans lequel vivait Edith Whittlesey. Rien n'arrivait ; c'est à peine si on peut dire qu'il arriva quelque chose lorsque à l'âge de vingt-cinq ans elle accompagna sa maîtresse aux États-Unis. L'ornière changea simplement de direction, c'était la même ornière bien tracée. C'était un chemin qui traversait l'Atlantique sans incident, le bateau n'était pas un bateau en pleine mer, mais un grand hôtel à maints corridors, qui s'avançait vite et placide, écrasant les vagues et les subjuguant de sa masse colossale, à ce point que la mer n'était qu'un étang, monotone et calme.

De l'autre côté, l'ornière continuait sur terre, une route bien tracée, respectable et qui offrait des hôtels partout où l'on s'arrêtait et des hôtels sur roues entre les points d'arrêt.

À Chicago, tandis que sa maîtresse voyait un côté de la vie sociale, Edith Whittlesey vit l'autre côté ; et lorsqu'elle quitta le service de la dame et devint Edith Nelson, elle découvrit peut-être faiblement qu'elle avait le pouvoir de lutter avec l'imprévu et de le vaincre. Hans Nelson, émigrant, Suédois de naissance et charpentier de profession, avait en lui cette turbulence des Teutons qui chasse toujours la race vers l'Ouest, en quête d'aventures. C'était un homme lourd et bien musclé, de peu d'imagination et de grande initiative ; il possédait en lui une loyauté et une affection aussi solides que lui-même.

« Quand j'aurai travaillé dur et que je me serai mis de l'argent de côté, j'irai au Colorado », avait-il dit à Edith le lendemain de leur mariage. Un an plus tard, ils étaient au Colorado, où Hans Nelson vit pour la première fois la vie de mineurs et où il prit lui-même la fièvre de l'or. Il prospecta en Dakota, Idaho et Orégon oriental, puis jusque dans les montagnes de la Colombie-Britannique. Au campement ou sur la route, Edith Nelson était toujours avec lui, partageant sa chance, ses fatigues et son travail. Elle échangea le pas court de la femme élevée dans une maison pour le pas allongé du montagnard. Elle apprit à regarder le danger d'un œil limpide et avec compréhension, perdant pour toujours cette terreur panique faite d'ignorance qui afflige les citadins et qui les rend stupides comme de stupides chevaux ; qui fait qu'ils attendent leur sort glacés d'épouvante au lieu de lutter contre lui, ou qu'ils fuient dans une terreur aveugle qui les fait se détruire eux-mêmes tandis que la route est bloquée par leurs corps.

Edith Nelson rencontra l'imprévu à chaque tournant du chemin, et elle habitua ses yeux à voir dans le paysage non ce qui était évident mais ce qui était caché. Elle, qui de sa vie n'avait jamais fait la cuisine, elle apprit à faire le pain sans s'aider de houblon, de levure ni de soude, et à le cuire dessus et dessous dans une poêle à frire, sur un feu ouvert. Et lorsque la dernière tasse de farine avait disparu, lorsque le dernier morceau de lard avait été mangé, elle savait se mettre à hauteur des circonstances et faire un repas de mocassins ou de morceaux de cuir mous qui en quelque sorte chevillait l'âme au corps et lui permettait de se traîner un peu plus loin.

Elle apprit à bâter un cheval et à le faire aussi bien qu'un homme, tâche qui brise le cœur et l'orgueil de tout citadin, et elle savait le nœud spécial qu'il fallait faire suivant les charges. Elle savait aussi faire un feu de bois mouillé sous une pluie battante sans perdre sa bonne humeur. Bref, sous toutes les formes, elle sut mater l'imprévu. Mais le Grand Imprévu avait encore à survenir dans sa vie et à la mettre à l'épreuve.

La marée des chercheurs d'or montait vers le Nord, en Alaska, et il était inévitable que Hans Nelson et sa femme ne fussent pris par le flux et entraînés vers le Klondike. L'automne de 1897 les trouva à Dyea, mais sans argent pour transporter leur équipement à travers la Passe de Chilcoot et l'embarquer jusqu'à Dawson. C'est pourquoi Hans Nelson travailla cet hiver-là de son métier et aida à bâtir la ville-champignon de Skaguay.

Il était sur le seuil, incertain, et durant tout l'hiver, il entendit l'Alaska l'appeler. La baie de Latuya l'appela plus fort que le reste et l'été de 1898 le trouva lui et sa femme dans le dédale de la côte déchiquetée, à bord de canots Siwash de soixante-dix pieds. Avec eux il y avait des Indiens et trois hommes blancs. Les Indiens les débarquèrent eux et leurs bagages dans une anse solitaire, à environ cent milles au nord de Latuya Bay et s'en retournèrent à Skaguay. Les trois hommes restèrent car ils étaient membres de l'expédition organisée. Chacun avait mis une part égale pour fournir l'équipement, les profits devaient être partagés également. Edith Nelson avait entrepris de faire la cuisine pour l'expédition et devait recevoir la part d'un homme.

Tout d'abord, on coupa des sapins et on construisit une cabine de trois chambres. C'était la tâche d'Edith Nelson de garder cette cabine. Les hommes, eux, avaient à chercher de l'or, ce qu'ils firent, et à en trouver, ce qu'ils firent aussi. Ce ne fut point une trouvaille étonnante, tout simplement un placer de bas rendement où les longues heures de dur travail rapportaient à chaque homme entre quinze et vingt dollars par jour. L'été court d'Alaska dura plus que d'ordinaire, ils en profitèrent et remirent leur retour à Skaguay jusqu'au dernier moment. Puis ce fut trop tard : on avait fait des arrangements pour accompagner plusieurs douzaines d'Indiens du district dans leur voyage d'automne le long de la côte. Les Siwashs avaient attendu les Blancs jusqu'à la onzième heure, puis étaient partis. Il ne restait à l'expédition que d'attendre une occasion. Pendant ce temps-là, on avait lavé l'or et on avait fait provision de bois de chauffage.

L'été indien s'était attardé, puis tout à coup, avec une soudaineté d'éclat de trompette, l'hiver arriva. Il arriva en une seule nuit, et les mineurs se réveillèrent au vent qui hurlait, fouettant la neige et gelant l'eau. Il y avait tempête sur tempête, et, dans l'intervalle, c'était le silence que seul interrompait le grondement des flots sur la côte désolée où l'écume salée frangeait la plage de blancheur gelée.

Dans la cabine, tout alla bien. Leur poudre d'or pesait quelque chose comme huit mille dollars et ils ne pouvaient qu'être satisfaits. Les hommes firent des raquettes pour la neige, chassèrent afin de remplir le garde-manger de viande fraîche, et durant les longues soirées jouèrent d'interminables jeux de whist et de pedro. Maintenant que les mines ne marchaient plus, Edith Nelson laissa les hommes préparer le feu et laver la vaisselle, tandis qu'elle raccommodait leurs chaussettes et leurs vêtements.

Personne ne se plaignait, ne se disputait ou ne se querellait dans la petite cabine, et ils se félicitaient souvent l'un l'autre du bonheur de toute la bande. Hans Nelson était tranquille et accommodant tandis qu'Edith avait depuis longtemps gagné sa grande admiration pour savoir si bien s'arranger avec les gens.

Harkey, un homme du Texas, long et maigre, avait une amabilité extraordinaire chez quelqu'un d'aussi taciturne qu'il l'était, et tant qu'on ne récusait pas sa théorie que l'or poussait il était bon compagnon.

Le quatrième membre de la bande, Michaël Dennin, contribuait par son esprit irlandais à la gaieté de la maisonnée. Il était grand, puissant, disposé à de soudains accès de colère à propos de petites choses et d'une bonne humeur qui ne cessait pas sous le poids ni sous la tension des moments graves.

Le cinquième et dernier, Dutchy, était pour la bande une cible de bonne volonté. Il allait jusqu'à faire rire à ses dépens afin de maintenir la gaieté. Son but délibéré dans la vie semblait de faire rire. Aucune querelle sérieuse n'avait encore obscurci la sérénité de la petite famille, et maintenant que chacun pouvait montrer seize cents dollars comme résultat du travail d'un court été, il régna un esprit de prospérité bien nourrie et repue.

C'est alors que l'imprévu arriva. Ils venaient de s'asseoir à la table pour le breakfast. Quoiqu'il fût déjà huit heures (l'heure du breakfast avait été naturellement retardée depuis que le travail régulier de la mine avait cessé), une bougie dans le col d'une bouteille éclairait le repas. Edith et Hans étaient assis à chaque bout. D'un côté, le dos tourné à la porte,

Harkey et Dutchy étaient assis. La place de l'autre côté était vacante, Dennin n'était pas encore rentré.

Hans Nelson regarda la chaise vide, remua doucement la tête et dit, essayant lourdement d'être drôle : « Il est toujours le premier pour la mangeaille. C'est étrange, peut-être est-il malade ?

— Où est Michaël ? demanda Edith.

— Il s'est levé un peu plus tôt que nous, répondit Harkey, et il est sorti. »

La figure de Dutchy rayonnait malicieusement. Il faisait semblant de savoir la cause de l'absence de Dennin et prenait un air mystérieux tandis qu'on l'accablait de questions. Edith, après avoir donné un coup d'œil dans la chambre des hommes, revint à la table. Hans la regarda et elle secoua la tête.

« Il n'a jamais été en retard pour les repas, remarqua-t-elle.

— Je ne puis pas comprendre, dit Hans, il a toujours grand appétit comme le cheval.

— C'est trop fort », dit Dutchy, secouant la tête tristement.

On allait plaisanter sur cette absence du camarade.

« C'est dommage, dit Dutchy.

— Quoi ? demandèrent-ils en chœur.

— Pauvre Michaël, répondit-il lugubre.

— Eh bien quoi, qu'est-ce qu'il a, Michaël ? demanda Harkey.

— Il n'a plus faim, dit Dutchy. Il a perdu son appétit. Il n'aime pas la nourriture.

— On ne le croirait pas à le voir s'y plonger jusqu'aux oreilles, remarqua Harkey.

— Il le fait pour être poli envers Mme Nelson, repartit Dutchy aussitôt. Je sais, je sais, c'est trop fort. Pourquoi n'est-il pas ici ? Parce qu'il est sorti. Pourquoi est-il sorti ? Pour développer son appétit. Comment développe-t-il son appétit ? Il marche pieds nus dans la neige. Ah ! Est-ce que je ne sais pas ? C'est ainsi que les gens riches courent après un appétit lorsqu'il a disparu et qu'il s'enfuit. Michaël a seize cents dollars. Il n'a pas d'appétit. Donc, c'est pourquoi il court après l'appétit. Ouvrez seulement la porte et vous le verrez pieds nus dans la neige. Non, vous ne verrez pas l'appétit : voilà l'ennui. Lorsqu'il aura vu l'appétit, il l'attrapera et viendra pour son breakfast. »

Ils éclatèrent de rire aux bêtises de Dutchy. Le bruit n'avait pas cessé que la porte s'ouvrit et Dennin entra. Tous se retournèrent pour le voir. Il portait un fusil. Tandis qu'ils regardaient, il l'épaula et tira deux fois. Au premier coup, Dutchy tomba la figure sur la table, renversant sa tasse de café, ses cheveux jaunes dans son assiette de bouillie. Son front appuyé sur le rebord de l'assiette maintint celle-ci contre ses cheveux, à un angle de 45°. Harkey était en l'air, sautant sur ses pieds au moment du second coup : il tomba la face sur le plancher, tandis que son « Mon Dieu » faisait un glouglou et mourait dans sa gorge.

C'était l'imprévu. Hans et Edith étaient abasourdis. Ils restaient assis à la table, le corps raidi, les yeux fixes, fascinés par le meurtrier. Ils le virent vaguement au travers de la fumée de la poudre, et dans le silence on n'entendait que l'égouttement du café renversé de Dutchy qui tombait sur le plancher. Dennin ouvrit la culasse de son fusil et rejeta les douilles vides. Tenant l'arme de la main droite, il porta la gauche à sa poche pour en tirer d'autres cartouches.

Il était en train de les mettre dans la culasse quand Edith Nelson se réveilla pour l'action. Il était évident qu'il avait l'intention de les tuer, Hans et elle. Pendant l'espace de trois secondes peut-être elle avait été aveuglée et paralysée par la forme horrible et inconcevable qu'avait prise l'imprévu. Alors elle se mit à la hauteur de la situation et se prépara à la lutte. Elle lutta en réalité, bondissant comme un chat sur le meurtrier et saisissant son foulard des deux mains.

Le choc de son corps le fit reculer, en titubant, de plusieurs pas. Il essaya de se débarrasser d'elle et de garder le fusil en main : cela n'était pas facile car le corps musclé de la femme était devenu comme celui d'un chat. Elle se jeta d'un côté et, le tenant toujours à la gorge, elle le précipita presque sur le plancher. Il se redressa et tourna rapidement. Elle ne lâcha pas prise, son corps suivit le cercle de ce tourbillon à ce point que ses pieds quittèrent le plancher ; elle tourna en l'air, ses mains serrant toujours la gorge. Une chaise arrêta le tourbillon ; l'homme et la femme tombèrent sur le plancher, luttant follement, et la chute les emporta au milieu de la chambre.

Hans Nelson fut d'une demi-seconde en retard sur sa femme pour se mettre à hauteur de l'imprévu : le travail de ses nerfs et de son esprit était plus lent. Son organisme n'était pas si délicat ; il lui avait fallu une demi-seconde de plus pour percevoir, déterminer et agir. Elle avait déjà sauté sur Dennin et l'avait saisi à la gorge lorsque Hans se mit debout. Mais il n'avait pas le calme qu'elle avait : il était dans une furie aveugle, une rage féroce. Au moment où il se leva de sa chaise, il ouvrit la bouche et en fit sortir un son, moitié rugissement, moitié beuglement. Le tourbillon des deux corps avait déjà commencé que, rugissant et beuglant, il les poursuivit à travers la chambre et les rejoignit lorsqu'ils tombèrent sur le plancher. Hans se jeta sur l'homme à terre, le bourrant follement de coups de poing. C'étaient des coups de marteau de forgeron, et quand Edith sentit que les coups de Dennin mollissaient, elle lâcha prise et se dégagea. Elle resta sur le plancher, haletante, et regarda. Les coups furieux continuaient à pleuvoir, Dennin ne semblait pas y faire attention, il ne bougeait même pas. Alors il lui vint à l'idée que l'homme avait perdu connaissance ; elle cria à Hans d'arrêter, elle cria encore, mais il ne fit pas attention à sa voix. Elle le saisit par le bras mais c'est à peine si son effort en fut ralenti.

Elle n'avait pas raisonné l'impulsion qui la poussait à faire cela ; ce n'était pas le sentiment de la pitié ni le « Tu ne le feras point » de la religion. C'était plutôt un sentiment de la loi, de la morale de sa race et de ce qui l'avait environnée dans sa jeunesse qui la poussait à mettre son corps entre son mari et l'assassin sans défense. Ce ne fut que lorsque Hans comprit qu'il frappait sa femme qu'il cessa. Il la laissa le repousser de la manière dont un chien féroce mais obéissant laisse faire son maître. L'analogie allait même plus loin : au fond de sa gorge, comme chez un animal, la rage de Hans grondait, et plusieurs fois il fit comme s'il allait se rejeter sur sa proie. La femme seule l'en empêcha en s'interposant rapidement.

Edith fit reculer son mari de plus en plus. Jamais elle ne l'avait vu dans un pareil était et elle avait plus peur de lui qu'elle n'avait été effrayée de Dennin au plus fort de la lutte. Elle ne pouvait pas croire que cette bête enragée était son Hans et elle fut empoignée tout à coup par la crainte instinctive qu'il ne lui brisât la main entre ses dents comme un animal sauvage. Pendant plusieurs secondes, Hans alla de droite et de gauche, ne voulant pas lui faire de mal, mais entêté dans son désir de renouveler l'attaque. Mais elle ne le quitta pas avant que les premières lueurs de raison fussent revenues et qu'il se fût rendu.

Tous deux se relevèrent. Hans tituba contre le mur auquel il s'appuya, les traits grimaçants. Dans sa gorge le grondement dura encore quelques secondes, puis s'éteignit.

Le moment de la réaction était venu. Edith debout au milieu de la chambre se tordait les mains, haletante et palpitante, le corps tremblant tout entier.

Hans ne regardait rien, mais les yeux d'Edith regardaient follement chaque détail de la scène qui venait d'avoir lieu. Dennin était couché, sans mouvement. La chaise, renversée dans le tourbillon insensé, gisait près de lui. Il était couché sous le fusil dont la culasse était encore ouverte. Les deux cartouches étaient tombées de ses mains, il n'avait pu les mettre dans le fusil et les avait tenues jusqu'au moment où il avait perdu connaissance.

Harkey était étalé la figure sur le plancher, tel qu'il était tombé, tandis que Dutchy était toujours penché sur la table, son toupet jaune dans sa bouillie, l'assiette toujours maintenue à un angle de 45°. Cette assiette dans cette position la fascinait ; pourquoi ne tombait-elle pas ? C'était ridicule, ce n'était pas dans la nature des choses qu'une assiette de bouillie se tînt ainsi debout sur une table, même si un homme ou deux avaient été tués.

Elle se tourna du côté de Dennin, puis ses yeux revinrent sur l'assiette en équilibre. C'était trop ridicule ! elle sentit un besoin hystérique de rire. Alors elle remarqua le silence et oublia l'assiette dans un désir que quelque chose arrivât. L'égouttement monotone du café sur le plancher ne faisait qu'exagérer le silence. Pourquoi est-ce que Hans ne faisait rien ? ne disait rien ? Elle le regarda et allait parler lorsqu'elle s'aperçut que sa langue se refusait à son office accoutumé. Elle sentait dans sa gorge une douleur étrange, sa bouche était sèche et rugueuse.

Tout ce qu'elle pouvait faire était de regarder Hans qui à son tour la regardait.

Tout à coup le silence fut déchiré par un bruit aigu, métallique. Elle cria, regardant du côté de la table : l'assiette était tombée. Hans soupira comme s'il sortait du sommeil. Le bruit de l'assiette les avait rappelés à la vie, dans un monde nouveau. La cabine contenait ce monde nouveau dans lequel il leur fallait vivre et se mouvoir : l'ancienne cabine avait disparu pour toujours. L'horizon de la vie était tout à fait renouvelé et étranger. L'imprévu avait jeté son sortilège sur la face des choses, changeant la perspective, jouant et jonglant avec la valeur des choses et mêlant la réalité et l'impossible en une confusion embarrassante.

« Mon Dieu, Hans ! » furent les premiers mots d'Edith. Il ne répondit pas mais la fixa avec horreur. Doucement ses yeux errèrent par la chambre, pour la première fois, remarquant les détails. Puis il mit sa casquette et se dirigea vers la porte. « Où allez-vous ? » demanda Edith dans l'angoisse de l'appréhension. Sa main était sur la poignée de la porte, il se retourna et dit : « Creuser des fosses.

— Ne me laissez pas, Hans, avec — ses yeux firent le tour de la chambre — avec tout cela.

— Il faut que les fosses soient creusées une fois ou l'autre.

— Mais vous ne savez pas combien ! » objecta-t-elle désespérée. Elle remarqua son indécision et ajouta : « D'ailleurs je vais avec vous pour vous aider. » Hans recula vers la table et machinalement moucha la chandelle. Puis, ensemble, ils firent la revue. Harkey et Dutchy étaient morts tous les deux, terriblement morts, à cause du coup tiré à bout portant. Hans refusa d'approcher de Dennin et Edith fut forcée de faire l'examen elle-même.

« Il n'est pas mort », dit-elle à Hans.

Elle approcha et, penchée sur lui, regarda le meurtrier :

« Qu'avez-vous dit ? demanda Edith qui avait entendu un grognement inarticulé dans la gorge de son mari.

— J'ai dit que c'était une sacrée honte qu'il ne soit pas mort », répondit-il.

Edith était penchée au-dessus du corps.

« Laissez-le tranquille », commanda Hans d'une voix brutale.

Elle le regarda, alarmée tout à coup. Il avait ramassé le fusil que Dennin avait laissé tomber et y mettait les cartouches.

« Qu'allez-vous faire ? » cria-t-elle, se levant rapidement.

Hans ne répondit pas, mais elle le vit placer le

fusil à son épaule. Elle saisit le canon de la main et le tint ainsi en l'air.

« Laissez-moi », cria-t-il rauque.

Il essaya de lui arracher le fusil, mais elle se rapprocha et s'accrocha à lui.

« Hans ! Hans ! réveillez-vous ! Ne soyez pas fou !

— Il a tué Dutchy et Harkey, répondit son mari, et je vais le tuer.

— Mais c'est mal, cria-t-elle. Il y a la loi. »

Il ricana pour montrer son peu de foi en la puissance de la loi dans un tel pays ; puis il répéta simplement, sans passion, entêté :

« Il a tué Dutchy et Harkey. »

Pendant longtemps elle discuta avec lui, mais l'argumentation ne s'exerçait que d'un côté ; il se contentait de répéter encore et encore : « Il a tué Dutchy et Harkey. »

Elle ne pouvait pas se soustraire à l'éducation qu'elle avait reçue enfant, ni au sang qui était dans ses veines. L'héritage de la loi lui appartenait et une conduite droite était pour elle l'accomplissement de la loi. Elle ne voyait pas d'autre route à suivre. En se substituant à la loi, Hans ne pouvait pas se justifier plus que Dennin. Deux fautes ne faisaient pas un acte juste, disait-elle, et il n'y avait qu'une manière de punir Dennin, c'était par la loi de la société. Enfin Hans céda.

« Bien, dit-il. Faites à votre volonté. Demain ou après, regardez-le nous tuer, vous et moi. »

Elle secoua la tête et tendit la main pour avoir le fusil. Il allait le lui passer quand il hésita.

« Mieux vaut me laisser le tuer », implora-t-il.

De nouveau elle secoua la tête et une fois encore il allait lui passer le fusil lorsque la porte s'ouvrit et un Indien entra sans frapper. Une tourmente de vent et de neige entra avec lui. Ils se retournèrent et lui firent face, Hans tenant encore le fusil. L'intrus embrassa toute la scène sans sourciller : ses yeux enveloppèrent les morts et le blessé d'un regard circulaire ; aucune surprise sur sa figure, pas même de curiosité. Harkey était couché à ses pieds mais il ne le remarqua pas. Pour ce qui le concernait, le corps de Harkey n'existait pas.

« Beaucoup de vent, remarqua l'Indien en manière de salutation. Tout va bien ? Très bien ? »

Hans, le fusil toujours à la main, ne douta pas que l'Indien ne lui attribuât la mutilation des corps. Il regarda, implorant sa femme.

« Bonjour, Negook, dit-elle d'une voix qui trahissait un effort. Non, pas très bien, beaucoup de chagrin.

— Adieu, je m'en vais maintenant, très pressé », dit l'Indien et, sans avoir l'air d'être pressé, en enjambant posément la mare rouge qui était sur le plancher, il ouvrit la porte et sortit.

L'homme et la femme se regardèrent.

« Il croit que c'est nous qui avons fait cela, haleta Hans, que c'est moi. »

Edith resta silencieuse un moment. Puis elle dit brièvement, en femme qui ne perd pas la tête :

« Qu'est-ce que cela fait, ce qu'il pense ? Cela viendra après. Pour l'instant, nous avons deux fosses à creuser et avant tout il nous faut lier Dennin de manière qu'il ne puisse pas se sauver. » Hans refusa de toucher Dennin, mais Edith le ficela solidement, mains et pieds. Puis elle et Hans sortirent dans la neige. Le sol était gelé, résistant au coup de pioche. Ils commencèrent par ramasser du bois, ils balayèrent la neige et sur la surface gelée firent un feu. Au bout d'une heure, plusieurs pouces de terre s'étaient dégelés : ils enlevèrent cela à la pelle et bâtirent un autre feu. Leur descente en terre se faisait à raison de deux ou trois pouces par heure.

C'était un travail dur et amer. La neige chassée empêchait le feu de bien brûler, tandis que le vent les cinglait à travers leurs vêtements et glaçait leur corps. Ils parlèrent peu, le vent les empêchait de s'entendre. Ils se demandaient quel pouvait avoir été le motif de Dennin ; en dehors de cela ils restaient silencieux, oppressés par l'horreur de la tragédie.

À une heure, regardant du côté de la cabine, Hans annonça qu'il avait faim.

« Non, pas maintenant, Hans, répondit Edith, je ne pourrais pas retourner seule dans cette cabine dans l'état où elle est et cuire un repas. »

À deux heures, Hans offrit de l'accompagner ; mais elle le maintint à son travail et à quatre heures les deux fosses étaient creusées. Elles n'étaient pas profondes, pas plus de deux pieds, mais elles étaient suffisantes. La nuit était venue : Hans prit le traîneau et les deux morts furent halés au travers de la tempête et de la nuit vers leurs tombes gelées. La procession funèbre n'avait rien d'imposant : le traîneau s'enfonçait dans la neige entassée et était lourd à tirer. L'homme et la femme n'avaient rien mangé depuis la veille et étaient faibles de faim et de fatigue. Ils n'avaient pas la force de résister au vent et de temps à autre la rafale les renversait. Plusieurs fois le traîneau chavira et il leur fallut recharger les lugubres fardeaux. Les derniers cent pieds suivaient une pente raide ; il leur fallut la monter à quatre pattes, comme des chiens de traîneau, faisant jambes de leurs bras et enfonçant les mains dans la neige.

Malgré cela, ils furent à deux reprises entraînés en

arrière par le poids du traîneau ; ils glissèrent et tombèrent au bas de la pente, tous, morts et vivants pêle-mêle, embarrassés dans les bricoles du traîneau.

« Demain, je mettrai des croix avec leurs noms », dit Hans, lorsque les fosses furent comblées.

Edith pleurait. Quelques phrases inachevées étaient tout ce qu'elle avait pu prononcer comme service funèbre : maintenant son mari était obligé de la porter presque vers la cabine.

Dennin avait repris connaissance. Il s'était roulé à droite et à gauche sur le plancher en faisant de vains efforts pour se libérer. Il regarda Hans et Edith avec des yeux brillants, mais n'essaya pas de parler. Hans refusait encore de toucher l'assassin et, sombre, il regarda Edith le traîner sur le parquet vers la chambre des hommes. Mais malgré tous ses efforts, elle ne put parvenir à le soulever du plancher dans son cadre.

« Mieux vaut me laisser le tuer, nous n'aurons plus d'embarras », demanda Hans une fois encore.

Edith secoua la tête et se baissa de nouveau sur sa tâche. Elle fut surprise de sentir le corps s'enlever facilement, et elle comprit que Hans avait cédé et qu'il l'avait aidée.

Puis il fallut nettoyer la cuisine ; mais le plancher criait encore la tragédie jusqu'à ce que Hans eût raboté la surface du bois taché et eût avec les copeaux, fait un feu dans le poêle.

Les jours vinrent et s'en allèrent. Il y avait beaucoup d'obscurité et de silence qu'interrompaient seulement les orages et le tonnerre grondant sur la plage où le ressac gelait. Hans obéissait au moindre ordre d'Edith : toute sa splendide initiative s'était évanouie. Elle avait choisi d'agir à l'égard de Dennin d'une certaine façon ; il laissa tout entre ses mains.

Le meurtrier était une menace constante. Il y avait toujours le risque qu'il s'échappât de ses liens, et il leur fallait le veiller nuit et jour. L'homme ou la femme était assis près de lui, tenant le fusil chargé. D'abord Edith essaya des gardes de huit heures, mais l'effort était trop grand : ensuite, elle et Hans se succédèrent toutes les quatre heures. Comme il leur fallait dormir et que les gardes duraient toute la nuit, leurs veilles étaient entièrement employées à garder Dennin. Il leur restait à peine le temps de préparer les repas et de couper le bois.

Depuis la visite faite mal à propos par Negook, les Indiens évitaient la cabine. Edith envoya Hans à leur camp pour les prier d'emmener Dennin dans un canot, le long de la côte, au village blanc le plus proche ou au comptoir d'un *trader* ; mais ce fut en vain. Puis Edith alla elle-même et eut une entrevue avec Negook. Il était chef du petit village ; il voyait clairement sa responsabilité et expliqua clairement et en détail sa règle de conduite :

« C'est une affaire d'homme blanc, dit-il, non une affaire Siwash. Mes gens vous aident, alors cela devient affaire Siwash. Lorsque l'affaire des Blancs se mêle à celle des Siwashs, cela devient alors une affaire très grande, qu'on ne peut comprendre et qui n'a pas de fin. Une affaire ne vaut rien. Mes gens ne font pas de mal. Pourquoi vous aideraient-ils et se mettraient-ils dans l'embarras ? »

Alors Edith Nelson revint à la tragique cabine et à ses éternelles veilles alternatives de quatre heures. Parfois, lorsque c'était son tour de garde et qu'elle était assise près du prisonnier, le fusil chargé sur les genoux, ses yeux se fermaient et elle s'endormait. C'était toujours en sursaut qu'elle se réveillait, saisissant le fusil et le regardant. C'était bien des chocs nerveux et leur effet ne lui valait rien. Elle avait une telle peur de l'homme que, même si elle était éveillée, elle ne pouvait s'empêcher de sursauter ni de saisir le fusil s'il remuait seulement sous ses couvertures.

Elle se préparait à une crise de nerfs et elle le savait. D'abord, c'étaient ses yeux qui battaient, et elle était obligée de les fermer pour les soulager : un peu plus tard les paupières étaient atteintes d'un clignement nerveux qu'elle ne pouvait pas contrôler. Ce qui rendait la tension plus dure à supporter, c'est qu'elle ne pouvait pas oublier la tragédie. Elle restait aussi près de l'horreur que lors du premier matin lorsque l'imprévu entra dans la cabine et en prit possession. Dans ses rapports quotidiens avec le prisonnier, elle était forcée de grincer des dents et de rester raidie de corps comme d'esprit.

Hans était affecté d'une façon différente. Il devint obsédé par l'idée que c'était son devoir de tuer Dennin et, chaque fois qu'il veillait l'homme lié ou qu'il était près de lui, Edith craignait que Hans n'ajoutât un meurtre aux records de la cabine.

Il maudissait toujours Dennin avec férocité et le traitait rudement. Il essayait de cacher sa manie homicide et disait à sa femme : « Bientôt vous voudrez que je le tue, alors je le refuserai. Cela me rendrait malade. » Mais plus d'une fois, elle se glissa dans la chambre, alors qu'elle n'était pas de garde et surprit les deux hommes qui se regardaient l'un l'autre férocement, bêtes sauvages tous les deux. Sur la figure de Hans c'était la convoitise de tuer, chez Dennin c'était la férocité et la colère du rat qui est attrapé. Alors elle criait : « Hans, réveillez-vous », et il revenait à lui-même, surpris, honteux, mais non repentant.

C'est alors que Hans devint un autre facteur dans le problème que l'imprévu avait posé à Edith Nelson. Tout d'abord, il avait été tout simplement question de la marche à suivre en ce qui concernait Dennin, et c'était selon elle de le garder prisonnier jusqu'à ce qu'on pût le livrer à un tribunal capable de le juger. Mais à ce moment, Hans entrait en jeu, et elle voyait qu'il s'agissait de sa raison et de son salut. Elle ne fut pas longtemps sans découvrir que sa propre force et que son endurance devenaient une donnée du problème. Elle commençait à succomber à la tension, son bras gauche avait des secousses et des tiraillements involontaires. Elle laissait choir la nourriture de sa cuiller et ne pouvait se fier à son bras endolori. Elle supposait que c'était une forme de danse de Saint-Guy et se demandait avec crainte jusqu'où cela pourrait aller. Qu'arriverait-il si elle cédait, si elle était vaincue ? Et la vision qu'elle avait d'un avenir possible — lorsque la cabine ne contiendrait que Dennin et Hans — était une horreur de plus.

Au bout du troisième jour, Dennin avait commencé à parler. Sa première question avait été : « Qu'est-ce que vous allez faire de moi ? » Et cette question il la répétait chaque jour et plusieurs fois par jour. Edith répondait toujours que, assurément, il serait traité selon la loi. À son tour elle lui demandait chaque jour : « Pourquoi avez-vous fait cela ? » ce à quoi, il ne répondait jamais. De plus, la question le jetait dans des crises de colère, il enrageait et tirait sur les courroies de cuir cru qui le maintenaient. Il la menaçait de ce qu'il ferait une fois libre, une chose qui arriverait sûrement tôt ou tard. À de pareils moments, elle armait les deux chiens du fusil et se préparait à lui tenir tête avec une mort de plomb s'il parvenait à se délier et, tremblante, palpitante de tension et d'émotion, elle lui faisait tourner la tête.

Mais après un temps, Dennin devint plus maniable. Elle crut comprendre qu'il se fatiguait de rester couché immobile. Il commença à demander et à supplier d'être délié. Il fit des promesses folles : il ne leur ferait pas de mal. Il irait lui-même à la côte et se rendrait aux officiers de la loi. Il leur donnerait sa part d'or, il s'en irait au cœur du désert et ne rentrerait jamais dans la civilisation. Il se tuerait même si seulement on le laissait libre. Ses demandes finissaient d'ordinaire par des furies involontaires, à ce point qu'elle le croyait pris d'un accès. Mais elle secouait la tête et lui refusait la liberté pour laquelle il se mettait dans de tels accès de passion.

Les semaines passèrent. Il continuait à devenir

plus traitable ; la fatigue semblait s'affirmer davantage : « Je suis si fatigué, si fatigué », murmurait-il, roulant sa tête de droite à gauche sur l'oreiller comme un enfant chagrin. Un peu plus tard, il commença à demander sans passion la mort, implorant qu'on le tuât, demandant que Hans mit fin à sa misère pour qu'il pût enfin se reposer tranquillement.

La situation devenait intolérable. Edith se sentait de plus en plus nerveuse et savait que la crise pourrait arriver à tout moment. Elle ne parvenait même pas à avoir sa part de repos, car elle était hantée par la peur que Hans ne succombât à sa manie et ne tuât Dennin pendant son sommeil. Quoique Janvier fût déjà arrivé, il se passerait des mois avant qu'un schooner ne fit d'aventure escale dans la baie. De plus, ils n'avaient pas fait leurs plans pour hiverner dans la cabine et les vivres commençaient à diminuer ; Hans ne pouvait suppléer ce qui manquait en chassant. Ils étaient enchaînés à la cabine par la nécessité de garder leur prisonnier.

Il fallait agir, elle le savait. Elle s'efforça de considérer à nouveau le problème ; elle ne pouvait pas se débarrasser de ce que sa race lui avait légué, de la loi qui était dans son sang et qu'on lui avait inculquée. Elle savait que, quoi qu'elle fît, elle devait le faire suivant la loi, et pendant les longues heures de garde, le fusil sur les genoux, tandis que le meurtrier s'agitait et que la tempête grondait au-dehors, elle fit des recherches originales sur la sociologie et trouva d'elle-même l'évolution de la loi. Il lui vint à l'esprit que la loi n'était que le jugement et la volonté d'un groupe ; le nombre de ce groupe n'importait pas. Il y avait de petits groupes, se disait-elle dans son raisonnement, comme la Suisse, il y en avait de grands comme les États-Unis. De plus, le groupe pouvait être aussi petit qu'il voulait : s'il n'y avait que dix mille personnes dans un pays, leur jugement collectif serait cependant la loi de ce pays. Alors, est-ce que mille personnes ne pouvaient pas constituer un groupe ? se demanda-t-elle. Et pourquoi pas cent ? Pourquoi pas cinquante ? Pourquoi pas cinq ? Pourquoi pas… deux ?

Sa propre conclusion lui fit peur et elle la discuta avec Hans. D'abord, il ne comprit pas, puis lorsqu'il saisit, il ajouta un argument qui la convainquit. Il parla de meetings de mineurs où tous les hommes d'une localité se rassemblent, font la loi et l'exécutent. « Il se peut qu'il n'y ait que dix ou quinze hommes réunis, dit-il, mais la volonté de la majorité devient loi pour les dix ou quinze, et qui viole cette loi est puni. »

Edith enfin vit sa route tracée : Hans était de son

avis. Tous deux formaient la majorité de ce groupe spécial. La volonté du groupe était que Dennin fût pendu. Dans l'exécution de cette volonté, Edith s'efforça d'observer les formes usitées ; mais le groupe était si restreint que Hans et elle devaient servir de témoins, de jurés, de juges… et aussi d'exécuteurs.

En due forme, elle accusa Michaël Dennin du meurtre de Dutchy et de Harkey, et le prisonnier couché dans son cadre écouta le témoignage de Hans d'abord, puis celui d'Edith. Il refusa de plaider coupable ou non coupable et demeura silencieux lorsqu'elle lui demanda s'il avait quelque chose à dire pour sa défense.

Elle et Hans, sans quitter leurs sièges, prononcèrent le verdict de culpabilité. Alors, comme juge elle imposa la sentence : sa voix trembla, ses paupières clignèrent, son bras gauche eut une secousse mais elle alla jusqu'au bout.

« Michaël Dennin, dans trois jours, vous serez pendu par la cour jusqu'à ce que vous soyez mort. »

Ce fut la sentence. L'homme lâcha involontairement un soupir de soulagement puis rit en les défiant et dit : « Je pense qu'alors le sacré cadre ne me fera plus mal au dos, et ça c'est une consolation. »

La sentence prononcée, un sentiment de soulagement parut se communiquer à tous ; il se faisait remarquer chez Dennin. Toute méchanceté et toute défiance avaient disparu chez lui et, sociable, il parlait à ses geôliers, il montrait même des étincelles de son esprit d'antan. Il trouva une satisfaction de plus en plus grande dans la lecture de la Bible qu'Edith lui faisait. Elle lui lut le Nouveau Testament et il s'intéressa fort à l'Enfant Prodigue et au Voleur sur la croix.

La veille du jour fixé pour l'exécution, lorsque Edith lui posa la question usitée : « Pourquoi avez-vous fait cela ? » Dennin répondit : « C'est bien simple, je pensais… »

Mais elle le fit taire aussitôt, lui demanda d'attendre et s'empressa d'aller au lit de Hans. Ce n'était pas son tour de garde, il sortit de son sommeil, se frottant les yeux et grommelant.

« Allez, lui dit-elle, amenez Negook et l'autre Indien. Michaël va se confesser, forcez-les à venir. Prenez le rifle avec vous et ramenez-les au bout du canon si c'est nécessaire. »

Une demi-heure plus tard, Negook et son oncle Hadikwan furent introduits dans la chambre de mort. Ils vinrent à contrecœur, conduits par Hans armé de son rifle.

« Negook, dit Edith, il n'y aura pas d'ennui pour vous ni pour les vôtres. Tout ce que je vous demande, c'est de ne rien faire d'autre que d'écouter et de comprendre. »

C'est ainsi que Michaël Dennin, condamné à mort, confessa son crime publiquement. Tandis qu'il parlait, Edith écrivait ; les Indiens écoutaient et Hans gardait la porte, afin que les témoins ne pussent s'échapper.

Il n'était pas retourné au pays depuis quinze ans, expliqua Dennin, et son intention avait toujours été de revenir avec beaucoup d'argent et de mettre sa mère à l'aise pour le reste de ses jours.

« Et comment pouvais-je le faire avec seize cents dollars ? demanda-t-il. Ce que je cherchais à avoir, c'était tout l'or, tous les huit mille. Alors j'aurais pu retourner en conquérant. Quoi de plus facile, me suis-je dit, que de vous tuer tous, de l'annoncer à Skaguay comme une tuerie commise par les Indiens et de filer en Irlande ? Ainsi je commençais à vous tuer tous ; mais, comme Harkey aimait à le dire, je me suis coupé un trop gros morceau et je suis tombé en essayant de l'avaler. Voilà ma confession. J'ai fait mon devoir envers le diable et maintenant si Dieu le veut, je ferai mon devoir envers Dieu.

— Negook et Hadikwan, vous avez entendu les paroles de l'homme blanc, dit Edith aux Indiens. Ces paroles sont ici sur ce papier et c'est à vous de faire un signe sur ce papier, ainsi, de façon que les Blancs qui viendront plus tard sachent que vous avez entendu. »

Les deux Siwashs mirent des croix en face de leurs signatures, reçurent une citation de comparaître le lendemain avec toute leur tribu afin d'être témoins de ce qui se passerait ; après quoi ils furent congédiés.

Les mains de Dennin furent déliées, le temps de signer le document. Alors un silence se répandit dans la chambre : Hans était agité et Edith se sentait mal à l'aise. Dennin, sur le dos, regardait fixement le toit dont les jointures étaient calfeutrées de mousse.

« Et maintenant je ferai mon devoir envers Dieu », murmura-t-il. Il tourna la tête du côté d'Edith : « Lisez-moi dans le livre », dit-il, puis avec une nuance de plaisanterie : « Peut-être cela m'aidera-t-il à oublier le cadre. »

Le jour de l'exécution se leva clair et froid. Le thermomètre était à 25° Fahrenheit au-dessous de zéro, et un vent glacé soufflait la gelée au travers des vêtements, de la chair, et pénétrait les os. Pour la première fois depuis maintes semaines, Dennin se mit debout. Ses muscles étaient restés si longtemps inactifs et il était si peu entraîné à garder la position droite qu'il pouvait à peine se tenir sur ses pieds. Il chancela de droite et de gauche, vacilla et saisit Edith de ses mains liées afin de se maintenir.

« Sûr que j'ai le vertige », dit-il en riant faiblement.

Un moment après : « Et je suis content que cela finisse ; le sacré cadre m'aurait tué, je le sais. » Lorsque Edith lui mit sa casquette de fourrure sur la tête et tira les revers sur ses oreilles, il rit et dit :

« Pourquoi faites-vous cela ?

— Il fait froid à geler, répondit-elle.

— Et dans dix minutes, que feront au jeune Michaël Dennin une oreille ou deux de gelées ? » demanda-t-il.

Elle s'était raidie pour l'épreuve suprême et sa remarque fut comme un coup porté à son sang-froid. Jusqu'ici tout avait paru un jeu de fantômes, comme dans un rêve ; mais la vérité brutale qu'il venait d'énoncer la choqua et lui ouvrit les yeux sur ce qui allait se passer. L'Irlandais ne manqua pas de remarquer sa détresse.

« Je regrette de vous ennuyer avec mes bêtises, dit-il avec regret. Je plaisantais. C'est un grand jour pour Michaël Dennin et il est gai comme un pinson. »

Il commença à siffler gaiement, puis le sifflet sonna lugubre et s'arrêta.

« Je voudrais bien qu'il y ait un prêtre », dit-il pensif, puis il ajouta aussitôt : « Mais Michaël

Dennin est trop vieux troupier pour regretter le luxe quand il part en campagne. »

Il était si faible et déshabitué de la marche que lorsque la porte s'ouvrit et qu'il sortit, le vent le renversa presque. Edith et Hans marchaient de chaque côté et le supportaient ; pendant ce temps-là, il disait des plaisanteries et essayait de les maintenir en gaieté. Il cessa un moment, le temps de régler l'envoi de sa part d'or à sa mère, en Irlande.

Ils grimpèrent un monticule et arrivèrent à une petite clairière parmi les arbres. Là, solennels, en cercle autour d'un tonneau placé debout dans la neige, se tenaient Negook et Hadikwan, et tous les Siwashs jusqu'aux bébés et aux chiens, venus pour voir la loi de l'homme blanc. Non loin de là, il y avait une fosse ouverte que Hans avait creusée dans la terre dégelée au feu.

Dennin jeta un coup d'œil connaisseur sur les préparatifs, remarqua la fosse, le tonneau, l'épaisseur de la corde et le diamètre de la branche à laquelle la corde était fixée.

« Sûr, je n'aurais pu faire mieux que cela, Hans, si cela avait été pour vous. »

Il rit tout haut de sa propre saillie ; mais le visage de Hans était figé par une telle terreur que rien ne l'aurait fait mouvoir si ce n'est la trompette du jugement dernier. De plus, Hans se sentait très malade. Il n'avait pas réalisé l'énorme tâche qu'était l'acte de mettre une créature humaine hors du monde. Edith, elle, avait réalisé ; mais la réalisation ne rendait pas la chose plus facile. Elle doutait fort qu'elle pût se raidir assez longtemps pour aller jusqu'au bout. Elle sentait des envies de crier, d'appeler, de tomber dans la neige, de mettre sa main devant ses yeux, de faire volte-face et de s'enfuir à l'aventure dans la forêt, n'importe où, loin de là. Ce ne fut que par un effort suprême de son âme qu'elle put se tenir droite, marcher et faire ce qu'elle avait à faire. Et, au milieu de tout cela, elle était reconnaissante à Dennin de la façon dont il l'aidait.

« Donnez-moi la main », dit-il à Hans qui l'aida à monter sur le tonneau.

Il se baissa de manière qu'Edith pût ajuster la corde autour de son cou. Puis il se tint droit pendant que Hans maintenait la corde tendue par-dessus la branche.

« Michaël Dennin, avez-vous quelque chose à dire ? » demanda Edith d'une voix claire qui trembla malgré elle.

Dennin remua les pieds sur le tonneau, baissa les yeux modestement comme un homme qui prononce son premier discours et se dégagea la gorge : « Je suis heureux que ce soit fini, dit-il. Vous m'avez traité comme un chrétien et je vous remercie de tout cœur pour votre bonté.

— Alors que Dieu vous reçoive pécheur repentant, dit-elle.

— Oui, répondit-il d'une voix profonde en réponse à la voix fluette d'Edith ; que Dieu me reçoive pécheur repentant !

— Adieu Michaël », cria-t-elle et sa voix semblait désespérée.

Elle se jeta de tout son poids contre le tonneau, mais il ne se renversa pas.

« Hans, vite, aidez-moi ! » cria-t-elle faiblement. Elle sentait que le dernier reste de sa force s'en allait, et le tonneau résistait. Hans accourut près d'elle et le tonneau se renversa, sous les pieds de Michaël Dennin.

Elle tourna le dos, mettant ses doigts dans ses oreilles. Puis elle commença à rire, durement, d'un rire aigre, métallique ; et Hans en fut effrayé comme il ne l'avait jamais été pendant toute la tragédie. Edith Nelson avait succombé ; même pendant cette crise d'hystérie, elle était consciente, contente d'avoir pu tenir jusqu'à ce que tout fût accompli. Elle chancela du côté de Hans.

« Menez-moi à la cabine, Hans », arriva-t-elle à articuler.

« Et laissez-moi me reposer, ajouta-t-elle simplement, me reposer, et me reposer encore. »

Elle s'en alla par la neige, entourée par le bras de Hans qui la supportait et guidait ses pas. Mais les Indiens restèrent sur place, solennels, regardant l'effet de la loi de l'homme blanc qui force un homme à danser en l'air.

LOUP BRUN

Elle était restée en arrière à mettre ses caoutchoucs, à cause de l'herbe chargée de rosée, et lorsqu'elle sortit de la maison, elle trouva son mari absorbé d'admiration devant un bourgeon d'amandier qui s'ouvrait. Elle promena un regard chercheur au-dessus de l'herbe haute et parmi les arbres du verger.

« Où est Loup ? demanda-t-elle.

— Il était ici il y a un moment. » Walt Irvine s'arracha de la métaphysique et de la poésie qu'évoque un bourgeon et regarda le paysage. « La dernière fois que je l'ai vu, il poursuivait un lapin.

— Loup ! Loup ! Ici ! » appela-t-elle tandis qu'ils quittaient la clairière. Ils prirent le sentier qui mène à la route au travers de la jungle où poussent les manzanitas à clochettes de cire.

Irvine mit entre ses lèvres le petit doigt de chacune de ses mains et en fit sortir un coup de sifflet aigu.

Elle se boucha les oreilles en hâte et fit une grimace.

« Pour un poète délicat, vous savez faire des bruits horribles. Mes tympans sont crevés ; vous sifflez mieux que…

— Orphée.

— J'allais dire un gamin des rues, conclut-elle sévèrement.

— La poésie n'empêche pas d'être pratique, du moins personnellement la mienne n'est pas d'un génie futile qui ne peut pas vendre son trésor aux magazines. » Et il continua en se donnant des airs importants :

« Je ne suis pas un chanteur de grenier, ni un poète de salon. Pourquoi ? Parce que je suis pratique. Mon chant n'est pas si misérable qu'il ne se puisse changer, selon sa propre valeur, en un cottage couvert de fleurs, en un joli pré au pied de la montagne, en un bouquet de bois rouges, un verger de trente-sept arbres, une longue rangée de mûriers et deux petits rangs de fraises, sans compter un quart de mille d'un ruisseau chantant. Je suis un marchand de beauté, un vendeur de chansons, et je poursuis l'utile, ma chère Madge. Je chante une chanson, et grâce aux éditeurs des magazines, je transmute mon chant en un souffle de vent d'Ouest qui soupire parmi nos bois rouges ; en un murmure d'eaux sur les pierres moussues. Tout cela me chante en retour une autre chanson qui est cependant la même, admirablement… transmutée.

— Oh ! si seulement toutes vos transmutations de chansons étaient aussi heureuses ! dit-elle en riant.

— Nommez-m'en une qui ne l'ait pas été.

— Ces deux magnifiques sonnets que vous avez transmutés en une vache qui est la plus mauvaise laitière du village.

— Elle était belle, commença-t-il.

— Mais ne donnait pas de lait, interrompit Madge.

— Mais elle était belle, voyons ? insista-t-il.

— Et voilà un cas où la beauté et l'utilité ne vont pas ensemble, répondit-elle. Et voilà Loup ! »

Sur la pente boisée de la colline, on entendit le craquement des broussailles, puis, à quarante pieds au-dessus d'eux, sur le bord d'un mur de roc, apparurent la tête et les épaules d'un loup. Ses pattes de devant qui se cramponnaient firent tomber un caillou ; les oreilles dressées et les yeux attentifs, il suivit le caillou qui roula jusqu'à leurs pieds. Puis son regard se déplaça et la gueule ouverte, il rit en les regardant.

« Ô Loup, cher Loup ! » lui crièrent l'homme et la femme.

À ce son, les oreilles se raplatirent et se couchèrent

en arrière, et la tête parut s'allonger sous les caresses d'une main invisible.

Ils le regardèrent ramper à reculons dans le fourré puis continuèrent leur marche. Quelques minutes après, à un endroit où la pente était moins précipitée, il les rejoignit à un tournant du sentier, au milieu d'une petite avalanche de cailloux et de terre. Il n'était pas démonstratif. L'homme lui donna une tape et le frotta derrière les oreilles, la femme le caressa plus longtemps, après quoi il marcha devant eux sur le sentier, glissant sans effort sur le sol en vrai loup qu'il était.

Sa taille, son pelage et sa queue étaient d'un grand loup des bois, mais sa couleur et ses taches l'empêchaient de prétendre être un loup : là, le chien se montrait sans qu'on pût s'y tromper. Aucun loup n'avait ces couleurs. Il était brun, brun foncé, brun-rouge, une orgie de bruns. Le dos et les épaules étaient d'un brun chaud qui pâlissait sur les flancs et sous le ventre jusqu'à un jaune qui était terne parce qu'il y restait du brun. Le blanc de la gorge et des pattes, ainsi que les taches au-dessus des yeux étaient sales à cause du brun persistant et ineffaçable, tandis que les yeux eux-mêmes étaient deux topazes, d'or et de brun.

L'homme et la femme aimaient beaucoup le

chien ; peut-être parce qu'il avait été si difficile de gagner son amitié. Cela n'avait pas été chose aisée, lorsqu'il était arrivé pour la première fois, mystérieusement, on ne savait d'où, à leur petit cottage de montagne. Il avait mal aux pattes et il était affamé ; il avait tué un lapin sous leur fenêtre, et devant leurs yeux, puis il s'était enfui et avait dormi près de la source, au pied des buissons de mûres. Lorsque Walt Irvine alla voir l'intrus, il reçut des grognements pour sa peine, et Madge elle aussi fut mal reçue lorsqu'elle arriva apportant en signe de paix un grand plat de pain et de lait.

Il se montra un chien des moins sociables, leur gardant rancune de toutes leurs avances, refusant de se laisser toucher et les menaçant, les crocs à nu et le poil hérissé. Néanmoins il resta, dormant et se reposant près de la source, mangeant la nourriture qu'ils lui avaient apportée et qu'ils avaient posée à une distance prudente. Il avait attendu qu'ils s'en fussent allés. Son état misérable explique pourquoi il resta ; et après s'être fortifié, au bout de quelques jours, il disparut.

Cela aurait été la fin de l'histoire, en ce qui concerne Irvine et sa femme, si Irvine à ce moment même n'avait pas été appelé dans le nord de l'État. Dans le train, près de la limite qui sépare la Californie de l'Orégon, il regarda par hasard par la fenêtre et vit son hôte peu sociable trottant sur la route, brun et avec son allure de loup, fatigué et pourtant infatigable, couvert de poussière et sali par une course de deux cents milles.

Irvine était un homme d'impulsion, un poète. Il descendit du train à la station suivante, acheta chez un boucher un morceau de viande et attrapa le vagabond à l'entrée de la ville. Le voyage de retour fut accompli dans le fourgon des bagages, et ainsi Wolf arriva pour la seconde fois au cottage de la montagne. Là, on l'enchaîna pendant une semaine ; l'homme et la femme le comblèrent d'amitiés. Se tenant à distance, étranger comme un voyageur d'une autre planète, il grogna à leurs paroles douces. Jamais il n'aboyait. Tout le temps qu'ils l'eurent auprès d'eux, ils ne l'entendirent jamais aboyer.

Le gagner était le problème : Irvine aimait les problèmes. Il fit faire une plaque de métal sur laquelle on estampilla : « Renvoyez à Walt Irvine. Glan Ellen. Sonoma County. Californie. » Cela fut rivé à son collier et bouclé au cou du chien. Puis on le relâcha et promptement il disparut.

Un jour plus tard, un télégramme arriva du County de Mendocino. En vingt heures il avait fait plus de cent milles vers le Nord et lorsqu'on l'attrapa il était en pleine marche.

Il fut ramené par l'Express Wells Fargo. Enchaîné pendant trois jours, lâché le quatrième, il repartit. Cette fois-ci, il gagna l'Orégon du Sud avant d'être rattrapé et réexpédié. Toujours, dès qu'on lui rendait sa liberté, il s'enfuyait et toujours vers le Nord. Une obsession le poussait au Nord : « L'instinct du home », dit Irvine après avoir dépensé le prix que lui rapporterait un sonnet, à ramener l'animal du nord de l'Orégon.

Une autre fois, le vagabond brun réussit à traverser la moitié de la longueur de la Californie, tout l'Orégon et presque tout le Washington avant d'être retrouvé et réexpédié « port dû ». Une chose remarquable était la vitesse avec laquelle il voyageait. Une fois nourri et reposé, dès qu'il était lâché, il mettait toute son énergie à couvrir du terrain. Le premier jour, on savait qu'il parcourait jusqu'à cent cinquante milles, après cela c'était une moyenne de cent milles jusqu'à ce qu'on l'attrapât. Il revenait toujours efflanqué, affamé et sauvage, et repartait chaque fois frais et vigoureux, coupant son chemin vers le Nord, obéissant à une force que personne ne pouvait comprendre.

Mais enfin, après une année dépensée inutilement en fuites, il accepta l'inévitable et choisit de rester au cottage, où il avait tué un lapin et où il dormait près de la source. Même après cela, il se passa un long intervalle avant que l'homme et la femme parvinssent à le caresser. Ce fut une grande victoire, car à eux seuls il fut permis de mettre la main sur lui. Il était exclusif, à un degré fastidieux, et aucun hôte du cottage ne parvint à l'approcher. Un grognement sourd accueillait celui qui s'avançait et, si quelqu'un était assez hardi pour aller plus près, les lèvres se retroussaient, les crocs apparaissaient à nu, le grognement devenait un grondement si terrible et si méchant, que les plus courageux en avaient peur. Cela effrayait aussi les chiens de fermiers qui savaient ce qu'était un grognement de chien, mais qui n'avaient jamais entendu celui d'un loup.

On ne connaissait pas ses antécédents. Son histoire commençait avec Walt et Madge. Il était venu du Sud, mais ils ne trouvèrent jamais la trace du maître qu'il avait sans doute fui. Mme Johnson, la voisine la plus rapprochée et celle qui leur fournissait le lait, disait que c'était un chien du Klondike. Elle avait un frère qui creusait la terre gelée de ce pays-là pour y trouver de l'or, c'est pourquoi elle se donnait comme une autorité sur ce sujet.

Mais ils ne la contredirent pas. L'extrémité des oreilles de Wolf avait apparemment été une fois gelée si fortement qu'elle ne pouvait pas se cicatriser. De plus, il ressemblait aux photographies de chiens de l'Alaska qu'ils avaient vues publiées dans les magazines et les journaux. Ils faisaient souvent des suppositions sur son passé et essayaient de se figurer — d'après ce qu'ils avaient lu et entendu — ce qu'avait été sa vie dans le Nord. Ils savaient que le Nord l'attirait encore, car la nuit ils l'entendaient parfois pleurer doucement. Lorsque le vent du nord soufflait et que la morsure de la gelée était dans l'air, il devenait fort agité et il laissait entendre une plainte lamentable qu'ils savaient être un hurlement de loup. Cependant il n'aboyait jamais : aucune provocation, si grande qu'elle fût, n'aurait pu lui arracher un cri de chien.

Ils avaient longtemps discuté, alors qu'ils essayaient de le gagner, auquel des deux il appartenait. Chacun le revendiquait et se targuait à haute voix de la moindre expression d'affection que montrait le chien. Mais l'homme eut tout d'abord la préférence parce qu'il était un homme : c'était clair, Wolf n'avait jamais eu affaire à une femme. Les jupes de Madge étaient une chose qu'il n'avait jamais comprise, le bruit qu'elles faisaient étaient assez pour lui faire hérisser le poil avec méfiance, et pendant les jours de vent, elle ne pouvait pas l'approcher.

D'autre part, c'était Madge qui le nourrissait, c'était elle qui avait charge de la cuisine et c'était par sa faveur seule qu'il avait la permission d'entrer dans cette enceinte sacrée. C'est à cause de cela qu'elle se promettait de surmonter le désavantage que lui causaient ses jupes. Walt, de son côté, se donnait beaucoup de peine ; il prit l'habitude d'avoir Wolf couché à ses pieds tandis qu'il écrivait, perdant ainsi beaucoup du temps qu'il devait à son travail, à le caresser et à lui parler. Walt finalement gagna la partie, sa victoire était probablement due à ce qu'il était un homme. Madge prétendait qu'ils auraient pu avoir un autre quart de mille de ruisseau chantant, et au moins deux vents d'Ouest dans leurs taillis de bois rouge si Walt avait mis son énergie dans la transmutation de chansons, s'il avait laissé Wolf à son goût naturel et n'avait pas influencé son jugement.

« Il est temps que j'aie des nouvelles de ces triolets, dit Walt après un silence de cinq minutes pendant lesquelles ils avaient lentement descendu le sentier. Il y aura un chèque à la poste, je le sais, et nous le changerons en belle farine de sarrasin, un gallon de sirop d'érable et une nouvelle paire de caoutchoucs pour vous.

— Et en beau lait de la belle vache de Mme Johnson, ajouta Madge. C'est demain le premier du mois, vous savez ? »

Walt fit la moue sans le savoir, puis sa figure s'éclaira et de sa main il tapa sur sa poche. « Cela ne fait rien, j'ai ici une belle vache neuve, la meilleure laitière de Californie.

— Quand avez-vous écrit cela ? » demanda-t-elle vivement. Puis avec un reproche : « Et vous ne me l'avez jamais montré.

— Je l'ai gardé pour vous le lire en allant sur le chemin de la poste, à un endroit qui ressemble étonnamment à celui-ci », répondit-il en indiquant d'un geste de la main un tronc d'arbre sec sur lequel on pouvait s'asseoir.

Un petit ruisseau sortait d'une épaisse touffe de fougères, glissait sur une pierre à bord moussu et traversait le sentier à leurs pieds. De la vallée montait le doux chant des alouettes, tandis qu'autour d'eux, çà et là, à travers le soleil et l'ombre, voletaient de grands papillons jaunes.

Un autre son montait, que Walt perçut tandis qu'il lisait à demi-voix son manuscrit. C'était un lourd bruit de pas ponctué de temps à autre par le son d'une pierre déplacée. Comme Walt finissait et regardait sa femme pour avoir son approbation, un homme leur apparut au tournant du sentier. Il était nu-tête et en nage. Avec son mouchoir, il épongeait sa figure tandis que de l'autre main il tenait un chapeau neuf et un faux col empesé mais flasque. C'était un homme bien bâti et ses muscles semblaient sur le point de faire éclater les vêtements terriblement neufs et tout faits qu'il portait.

« Chaude journée », dit Walt en le saluant — Walt croyait à la démocratie de la campagne et ne manquait jamais une occasion de le montrer. L'homme s'arrêta et fit un signe de tête : « Je m'aperçois que je ne suis guère habitué à la chaleur, avoua-t-il comme s'excusant, je suis plus habitué à la température qui marque zéro.

— Vous ne trouverez pas cela ici, dit Walt en riant.

— On dirait que non, répondit l'homme. Et puis ce n'est pas non plus ce que je cherche. Je cherche ma sœur. Peut-être savez-vous où elle habite. Son nom est Johnson. Mme William Johnson.

— Vous n'êtes pas son frère du Klondike ? s'écria Madge les yeux brillants d'intérêt, celui dont nous avons tant entendu parler ?

— Oui, madame, c'est moi, répondit-il modestement. Mon nom est Miller, Skiff Miller. Je pensais à lui faire une surprise.

— Vous êtes sur le bon chemin alors, seulement vous êtes venu par le sentier. »

Madge se leva pour lui montrer la direction, indiquant le canyon à un quart de mille. « Vous voyez ce bois rouge foudroyé ? Prenez ce petit sentier qui tourne à droite. C'est la traverse pour aller à sa maison. Vous ne pouvez pas vous tromper.

— Oui, madame, merci, madame », dit-il.

Il fit un effort pour partir, mais semblait gêné, rivé au sol. Il la regardait avec une admiration naïve dont il n'avait pas conscience, une admiration qui le plongeait dans un embarras dont il ne savait sortir.

« Nous voudrions bien vous entendre parler du Klondike, dit Madge. Est-ce que nous ne pourrions pas venir un jour chez votre sœur pendant que vous y êtes ? Ou plutôt, est-ce que vous ne pourriez pas venir dîner avec nous ?

— Oui, madame, merci madame », murmura-t-il machinalement. Puis il revint à lui et ajouta : « Je ne reste pas ici longtemps. Il faut que je parte de nouveau pour le Nord. Je reprends le train de ce soir, vous savez, j'ai une entreprise avec le gouvernement. »

Lorsque Madge dit qu'elle regrettait, il fit un autre effort pour partir ; mais il ne pouvait pas quitter son visage des yeux. Dans son admiration il oubliait son embarras ; ce fut à son tour à elle de rougir et de se sentir mal à l'aise.

Au moment où Walt avait décidé qu'il était temps de dire quelque chose pour relâcher la tension, Wolf qui s'en était allé fureter dans les buissons réapparut, trottant de son allure de loup.

La distraction de Skiff Miller s'évanouit. La jolie femme qui était devant lui quitta son champ de vision. Ses yeux n'étaient que pour le chien et un grand étonnement se montra sur son visage.

« Eh bien ! que je sois damné ! » dit-il doucement et solennellement.

Il s'assit sur un tronc, songeant, laissant Madge debout. Au son de sa voix, les oreilles de Wolf s'étaient couchées et sa gueule s'était ouverte pour rire. Il trotta doucement vers l'étranger et tout d'abord sentit ses mains, puis les lécha. Skiff Miller caressa la tête du chien et du même ton répéta : « Que je sois damné ! »

« Excusez-moi, madame, dit-il aussi, mais j'étais un peu surpris, voilà tout.

— Nous aussi, nous sommes surpris, répondit-elle légèrement, nous n'avons jamais vu Wolf s'attacher à un étranger.

— C'est comme ça que vous l'appelez, Wolf ? » demanda l'homme.

Madge fit un signe de tête. « Mais je ne puis pas comprendre son amitié pour vous, à moins que ce ne soit parce que vous venez du Klondike. C'est un chien du Klondike, vous savez ?

— Oui, madame », dit Miller distrait. Il souleva une des pattes de devant de Wolf et examina la sole, la pressant et y enfonçant son pouce.

« C'est bien mou, remarqua-t-il, il n'a pas été sur la route depuis quelque temps.

— Dites donc, dit Walt, c'est remarquable qu'il vous laisse le manier ainsi. »

Skiff Miller se leva, l'admiration pour Madge ne le gênait plus, et d'une voix sèche, comme s'il parlait affaires, il demanda :

« Depuis combien de temps l'avez-vous ? »

À ce moment même, le chien s'agitant et se frottant contre les jambes du nouveau venu ouvrit la gueule et aboya. C'était un aboiement qui éclatait, court et joyeux, mais c'en était un.

« C'est du nouveau pour moi », remarqua Skiff Miller.

Walt et Madge se regardèrent : le miracle s'était produit, Wolf avait aboyé.

« C'est la première fois qu'il a aboyé, dit Madge.

— La première fois que je l'entends aussi », ajouta Miller.

Madge lui sourit. L'homme était certainement plein d'humour.

« Naturellement, dit-elle, vous ne l'avez encore vu que cinq minutes. »

Skiff Miller la regarda vivement, cherchant sur son visage l'artifice que ses paroles lui avaient fait soupçonner.

« Je croyais que vous aviez compris, dit-il lentement. Je pensais que vous y seriez en le voyant me faire des amitiés. C'est mon chien. Son nom n'est pas Wolf. C'est Brun.

— Ô Walt ! » fut le cri instinctif de Madge à son mari.

Walt fut aussitôt sur la défensive.

« Comment savez-vous que c'est votre chien ? demanda-t-il.

— Parce qu'il l'est, fut la réponse.

— Simple affirmation », dit Walt sèchement.

De son air lent et pensif, Skiff Miller le regarda puis demanda en donnant un coup de tête du côté de Madge :

« Comment savez-vous qu'elle est votre femme ? Vous dites : Parce qu'elle l'est, et moi je dis ce n'est qu'une affirmation. Ce chien est à moi. Je l'ai élevé et je devine, je devrais le savoir. Regardez : je vais vous le prouver. »

Skiff Miller se tourna vers le chien : « Brown ! » Sa voix était vive et, à ce ton, les oreilles du chien se couchèrent comme pour recevoir une caresse. « Gee ! » Et le chien tourna à droite en se balançant.

« Maintenant Mush-on[1] ! » Et le chien cessa de se balancer soudain et partit en avant en ligne droite, s'arrêtant au commandement.

« Je peux lui faire faire cela au sifflet, dit Skiff Miller avec fierté, il était mon chien de tête.

— Mais vous n'allez pas l'emmener avec vous ? » dit Madge d'une voix tremblante.

L'homme fit signe de la tête.

« Vous allez le ramener dans ce terrible pays de souffrance ? »

Il secoua la tête et ajouta : « Ce n'est pas si terrible que cela. Regardez-moi. Je suis un échantillon d'assez bonne santé, eh ?

— Mais les chiens ! Les privations terribles, le travail tuant, la faim, la gelée ! Oh j'en ai lu assez là-dessus, et je sais.

— Une fois je l'ai presque mangé, là-haut sur la rivière de Little Fish, dit Miller renfrogné. Si je n'avais pas tué un moose ce jour-là… C'est ce qui l'a sauvé.

— Je serais plutôt morte, dit Madge.

— C'est différent, par ici, expliqua Miller. Vous n'avez pas à manger des chiens. Vous penseriez autrement si vous alliez passer tout à fait, mais ça ne vous est jamais arrivé, jamais c'est pour cela que vous ne savez pas ce que ça signifie.

1. « Marchons ! », peut-être une altération du voyageur canadien.

— C'est bien où nous voulons en venir, répondit-elle chaudement. En Californie, les chiens ne sont pas mangés : pourquoi ne pas le laisser ici ? Il est heureux, il ne manque jamais de nourriture, vous le savez. Il ne souffrira jamais de faim ni de privations. Ici tout est douceur et gentillesses. Ni l'homme, ni la nature ne sont sauvages. Jamais il ne sentira un coup de fouet. Pour ce qui est du climat, il ne neige jamais ici.

— Mais faites excuse : c'est une chaleur de feu en été, dit Skiff Miller en riant.

— Mais vous ne répondez pas, continua Madge avec passion. Qu'avez-vous à lui offrir dans cette existence du Nord ?

— De quoi manger, quand j'en ai, ce qui est presque tout le temps, fut la réponse.

— Et le reste du temps ?

— Rien à manger.

— Et le travail ?

— Oui, beaucoup de travail, dit l'étourdi Miller avec impatience. Du travail sans fin, et la famine, et la gelée, et toutes les autres misères ; c'est ce qu'il aura en venant avec moi. Mais il aime cela ; il y est habitué, il connaît cette vie. C'est pour elle qu'il est né et qu'il a été élevé. Et vous n'y connaissez rien, vous ne savez pas de quoi vous parlez. C'est là-bas que le chien est né et c'est là-bas qu'il sera le plus heureux.

— Le chien ne s'en ira pas, annonça Walt d'une voix déterminée. Ce n'est donc pas la peine de discuter davantage.

— Qu'est-ce que vous dites ? demanda Skiff Miller fronçant les sourcils ; et le rouge lui montait au front.

— Je dis que le chien reste ici, la chose est décidée. Je ne crois pas que ce soit votre chien. Vous l'avez peut-être vu quelque part ; peut-être même l'avez-vous conduit pour son maître. Mais parce qu'il obéit aux commandements ordinaires de la route en Alaska, cela ne démontre pas qu'il soit à vous. N'importe quel chien en Alaska vous obéirait comme lui. De plus, c'est sans doute un chien qui a de la valeur en Alaska, et cela expliquerait suffisamment votre désir d'en prendre possession. En tout cas, il vous faut prouver qu'il est à vous. »

Skiff Miller, tranquille et tout de sang-froid, le front plus rouge encore, ses grands muscles faisant des bosses sous l'étoffe noire de sa veste, regarda le poète avec soin de bas en haut, comme s'il mesurait la force qui pouvait être dans son corps svelte. L'homme du Klondike eut sur le visage une expression de dédain lorsqu'il dit : « Je crois que je ne vois rien qui puisse m'empêcher de prendre le chien à l'instant. »

Walt rougit, les muscles de ses bras et de ses épaules semblèrent se raidir et se tendre.

Pleine d'appréhension, la femme s'interposa.

« Peut-être M. Miller a-t-il raison, dit-elle. J'ai peur qu'il n'en soit ainsi. Wolf semble le connaître et certainement il répond au nom de Brun. Il s'est lié d'amitié avec lui sur-le-champ, et vous le savez, c'est ce qu'il n'a fait avec personne d'autre auparavant. De plus, pensez à la manière dont il a aboyé. Il éclatait de joie, de joie pourquoi ? Sans doute parce qu'il retrouvait M. Miller. »

Les muscles de Walt se relâchèrent et ses épaules semblèrent tomber d'impuissance.

« Je devine que vous avez raison, Madge, dit-il. Wolf n'est pas Wolf, mais Brun, et il doit appartenir à M. Miller.

— Peut-être M. Miller le vendra-t-il ? insinua-t-elle. Nous pourrions l'acheter. »

Skiff Miller secoua la tête ; il n'était plus sur la défensive, mais s'était radouci, prompt à se montrer généreux en réponse à la générosité.

« J'ai cinq chiens, dit-il, en cherchant le meilleur moyen d'atténuer son refus. C'était lui le chien de file ; ils formaient le meilleur attelage de l'Alaska.

Rien ne pouvait les égaler. En 1898 j'ai refusé cinq mille dollars de la meute. Les chiens valaient cher, à ce moment-là : c'est un fait — mais ce n'est pas cela qui poussa le chiffre à ce prix de fantaisie, c'était l'attelage lui-même. Brun était le meilleur de tous. Cet hiver-là, je refusai de le vendre douze cents ; je ne l'ai pas vendu alors, je ne le vends pas maintenant. De plus, je fais beaucoup de cas de ce chien. Voici trois ans que je le cherche. Je fus malade lorsque je m'aperçus qu'il avait été volé — non pas à cause de sa valeur à lui, mais parce que je l'aimais… comme l'enfer — excusez-moi. Je ne pouvais pas en croire mes yeux lorsque je l'aperçus tantôt : je croyais que je rêvais, c'était trop beau pour être vrai. Enfin j'ai été sa nourrice, je le mettais au lit chaque soir. Sa mère était morte, je l'ai élevé avec du lait condensé à deux dollars la boîte, alors que je ne pouvais pas m'en payer dans mon café. Jamais il n'a connu d'autre mère que moi. Il avait l'habitude de me sucer toujours le doigt, le petit matin, ce doigt-ci, tenez. »

Et Skiff Miller, trop ému pour en dire davantage, leur présenta son index.

« Oui, ce doigt-ci », arriva-t-il à articuler, comme si cela prouvait absolument son droit et son affection.

Il était encore à contempler son index tendu quand Madge commença à parler.

« Mais le chien, dit-elle, vous n'avez pas considéré le chien. »

Skiff Miller sembla embarrassé.

« Avez-vous seulement pensé à lui ?

— Je ne vois pas à quoi vous voulez en venir, répondit-il.

— Le chien a peut-être une voix dans la question, continua Madge. Vous ne l'avez pas consulté, vous ne le laissez pas choisir. Cela ne vous est jamais venu à l'idée que probablement il préférerait la Californie à l'Alaska. Vous ne songez qu'à ce que vous aimez. Vous le traitez comme un sac de pommes de terre ou une balle de foin. »

C'était une nouvelle façon de voir les choses et Miller était visiblement impressionné, tandis qu'il la discutait dans son esprit. Madge mit à profit son indécision.

« Si vous l'aimez réellement, ce qui est son bonheur à lui sera le vôtre », insista-t-elle.

Skiff Miller continua à discuter en lui-même et Madge coula un regard de joie vers son mari qui le lui rendit d'un œil approbateur.

« Que pensez-vous ? » demanda tout à coup l'homme du Klondike.

C'était à son tour d'être embarrassée.

« Que voulez-vous dire ? demanda-t-elle.

— Croyez-vous qu'il aimerait mieux rester en Californie ? »

De nouveau Skiff Miller s'interrogea, cette fois-ci à haute voix, tout en promenant un regard judicieux sur l'animal discuté.

« C'était un bon travailleur, il a travaillé beaucoup pour moi. Jamais il ne m'a perdu de temps et il tenait le record pour dresser un nouvel attelage. Il a une tête, il peut tout faire sauf parler. Il comprend ce que vous lui dites : regardez-le maintenant. Il sait que nous parlons de lui. »

Le chien était couché aux pieds de Skiff Miller, la tête sur ses pattes, les oreilles droites et écoutantes ; les yeux étaient vifs et anxieux de suivre le son de la parole tandis qu'elle tombait d'une bouche puis de l'autre. « Et il y a encore beaucoup de travail en lui, il est encore bon pour des années. Et je l'aime, je l'aime comme l'enfer. »

Après cela, Skiff Miller ouvrit la bouche et la referma une fois ou deux sans rien dire, à la fin il parla :

« Je vais vous dire ce que je ferai. Vos remarques, madame, ont leur poids. Le chien a travaillé dur et sans doute il a gagné un doux repos et a le droit de choisir. En tout cas, nous le lui laisserons. Ce qu'il dira décidera. Vous autres, restez ici, assis. Je vous dirai adieu et m'en irai, comme si de rien n'était. S'il veut rester, il peut rester ; s'il veut venir avec moi, laissez-le faire. Je ne l'appellerai pas et vous ne l'appellerez pas pour qu'il revienne. »

Il regarda Madge, soupçonneux, et ajouta : « Seulement il faut jouer franc jeu, il ne faut pas le persuader derrière mon dos.

— Nous jouerons franc jeu », commença Madge, mais Skiff Miller interrompit ses assurances.

« Je connais la manière des femmes. Elles ont le cœur tendre. Lorsque leur cœur est en jeu, elles mettraient les cartes en tas, regarderaient en dessous et mentiraient comme le diable — faites excuse, madame — je ne parle que des femmes en général.

— Je ne sais pas comment vous remercier, dit Madge en tremblant.

— Je ne vois pas pourquoi vous me remercieriez, dit-il ; Brun n'a pas encore décidé. Cela ne vous fait rien que je m'en aille en marchant lentement ? Cela n'est que justice, vu que je serai hors de vue au bout de cent yards. »

Madge accepta et ajouta : « Et je promets sincèrement que nous ne ferons rien pour l'influencer.

— Alors je ferais aussi bien de me mettre en route », dit Skiff Miller du ton ordinaire d'un homme qui prend congé.

Au changement de voix, Wolf leva la tête rapidement et, plus rapidement encore, se mit sur ses pattes lorsque l'homme et la femme se serrèrent la main. Il se mit sur ses pattes de derrière, posant ses pattes sur la manche de Madge, léchant en même temps la main de Skiff Miller. Lorsque celui-ci serra la main de Walt, Wolf recommença, s'appuyant sur Walt et léchant les mains des deux hommes.

« Ce n'est pas un pique-nique, je vous promets », furent les dernières paroles de l'homme du Klondike tandis qu'il se détournait et remontait lentement le sentier.

Sur une distance de vingt pieds, Wolf le regarda s'en aller, rempli d'ardeur et d'attente, comme si l'homme allait se retourner et revenir sur ses pas. Puis avec un cri rapide et bas, Wolf sauta à sa poursuite, le dépassa, prit sa main entre ses dents avec tendresse, à contrecœur, et essaya doucement de l'arrêter.

Ne pouvant y parvenir, Wolf revint à la course là où Walt Irvine était assis, prenant sa manche entre les dents et essayant en vain de le traîner du côté de l'homme qui s'éloignait. Wolf devenait de plus en plus agité : il voulait être partout à la fois — être à deux endroits en même temps, avec l'ancien maître et le nouveau, et petit à petit la distance entre les deux s'accroissait. Il sauta çà et là, excité, faisant des bonds courts et nerveux, et se tournant tantôt vers l'un, tantôt vers l'autre, en une indécision douloureuse, ne sachant que faire, les voulant tous les deux et ne pouvant pas choisir, laissant échapper des pleurs rapides et aigus et commençant à haleter.

Tout à coup, il s'assit sur son train de derrière, leva le museau à l'air tandis que sa bouche s'ouvrait et se fermait avec des mouvements brusques, et chaque fois s'ouvrait davantage. Ces mouvements brusques correspondaient aux spasmes renouvelés qui attaquaient sa gorge, chaque spasme plus rude et plus intense que le précédent. En même temps, le larynx commença à vibrer, silencieux tout d'abord, tandis qu'un flot, une poussée d'air était chassée des poumons ; puis il laissa échapper une note basse et profonde, la plus basse que perçoive l'oreille humaine. Tout cela formait les préliminaires nerveux et musculaires du hurlement.

Mais, comme le hurlement allait éclater de la gorge pleine, la gueule ouverte de toute sa largeur se ferma, les paroxysmes cessèrent et le chien regarda longtemps et sans arrêt l'homme qui s'éloignait.

Wolf tourna la tête et, avec autant d'attention, regarda Walt. L'appel n'obtint pas de réponse. Le chien ne reçut ni un mot, ni un signe, aucune suggestion, aucun indice de la conduite à prendre.

Un regard en avant, vers le vieux maître approchant du tournant du sentier, l'excita à nouveau. Il se mit sur ses pattes avec un cri, puis possédé d'une idée nouvelle, il donna son attention à Madge. Jusqu'alors, il l'avait négligée, mais maintenant, ses deux maîtres l'abandonnant, c'est tout ce qui lui restait. Il alla vers elle et poussa sa tête sur ses genoux, caressant son bras avec son museau — une vieille manie qu'il avait quand il mendiait des faveurs. Il se recula et s'éloigna d'elle et commença à se tortiller et à se retourner en jouant, faisant des courbettes et piaffant, se mettant debout à demi et frappant la terre de ses pattes.

Tout son corps entrait dans la lutte. Ses yeux cajolaient, ses oreilles se couchaient, sa queue remuait afin d'exprimer la pensée qui était en lui mais qu'il ne pouvait transmettre.

Cela aussi, il y renonça bientôt. Il était attristé par la froideur de ces humains qui n'avaient jamais été froids auparavant. Il ne pouvait tirer d'eux aucune réponse, ni obtenir aucune aide. Ils ne faisaient pas attention à lui — ils étaient comme morts.

Il se retourna et en silence regarda du côté de l'ancien maître : Skiff Miller suivait le tournant, dans un moment il allait disparaître. Cependant, il n'avait jamais tourné la tête, marchant droit devant lui, lentement et avec méthode, comme s'il ne prenait aucun intérêt à ce qui se passait derrière lui.

C'est ainsi qu'il disparut : Wolf attendit qu'il parût de nouveau. Il attendit une longue minute, silencieusement, tranquillement, sans mouvement comme s'il était devenu de pierre, mais pierre vivante d'anxiété et de désir. Une fois il aboya, puis attendit. Puis il fit volte-face et vint en trottant du côté de Walt Irvine. Il renifla sa main et se coucha lourdement à ses pieds, les yeux fixés sur la partie du sentier qui, déserte, disparaissait après un tournant.

Le petit ruisseau qui coulait sur les pierres moussues sembla tout à coup enfler le volume de son bruit. Pas un son, excepté la voix des alouettes. Les gais papillons jaunes jouaient sans bruit dans le soleil et se perdaient dans les ombres assoupies. Madge regarda son mari d'un air triomphant.

Quelques minutes après, Wolf se leva. La décision et la délibération se voyaient dans ses mouvements. Il ne regarda ni l'homme, ni la femme ; ses yeux étaient fixés sur le sentier. Il avait décidé. Ils le comprenaient, et ils savaient, pour ce qui les concernait, que l'épreuve venait de commencer.

Il partit au trot, et les lèvres de Madge se retroussèrent, formant porte-voix pour le son caressant qu'elle allait envoyer. Mais le son caressant ne se forma point. Elle fut forcée de regarder son mari et vit la gravité avec laquelle il la surveillait. Les lèvres retroussées retombèrent et elle soupira tout bas.

Wolf passa du trot à la course, les bonds qu'il fit devinrent plus espacés. Il ne détourna pas une seule fois la tête, portant en l'air sa queue de loup. Il coupa court le tournant du sentier et disparut.

DÉCOUVREZ LES FOLIO 2 €

Parutions de janvier 2006

ANONYME *Conte de Ma'rûf le savetier*

Un conte poétique et féerique de la belle Shahrâzâd, une histoire très vivante, pleine de drôlerie et d'invention dans un Orient magique.

R. DEPESTRE *L'œillet ensorcelé et autres nouvelles*

De conquêtes amoureuses en aventures érotiques, Depestre nous entraîne avec jubilation dans son univers coloré et libertin.

H. JAMES *Le menteur*

Un court chef-d'œuvre sur l'obsession de l'imposture et une vibrante histoire d'amour.

JI YUN *Des nouvelles de l'au-delà*

Ce petit recueil diabolique semble émaner directement de l'au-delà et se lit avec délectation.

J. LONDON *La piste des soleils et autres nouvelles*

Dans les plaines glacées d'Alaska, sur les traces des chercheurs d'or, l'auteur de *L'appel de la forêt* nous fait pénétrer dans un univers d'hommes rudes et solitaires.

J.-B. POUY *La mauvaise graine et autres nouvelles*

Des histoires étonnantes pour pénétrer dans l'univers très particulier d'un écrivain inclassable.

M. PROUST *L'affaire Lemoine*

Quand l'auteur d'*À la recherche du temps perdu* s'amuse à pasticher d'autres écrivains pour le plus grand bonheur du lecteur…

QIAN ZHONGSHU *Pensée fidèle* suivi de *Inspiration*

Deux nouvelles, d'un humour fin et sarcastique, qui nous plongent au cœur de la littérature chinoise contemporaine et témoignent de l'originalité de l'écriture de Qian Zhongshu.

SAINT AUGUSTIN *La Création du monde et le Temps* suivi de *Le Ciel et la Terre*

Des questions essentielles que nous nous posons tous un jour et auxquelles saint Augustin tente de répondre avec une foi profonde alliée à un grand bon sens.

B. SCHULZ *Le printemps*

Écrivain secret, Bruno Schulz nous entraîne dans son univers onirique et étrange transcendé par une langue poétique à la fois riche et exceptionnelle.

Dans la même collection

R. AKUTAGAWA *Rashômon et autres contes* (Folio n° 3931)

M. AMIS *L'état de l'Angleterre* précédé de *Nouvelle carrière* (Folio n° 3865)

H. C. ANDERSEN *L'elfe de la rose et autres contes du jardin* (Folio n° 4192)

ANONYME *Le poisson de jade et l'épingle au phénix* (Folio n° 3961)

ANONYME *Saga de Gísli Súrsson* (Folio n° 4098)

G. APOLLINAIRE *Les Exploits d'un jeune don Juan* (Folio n° 3757)

ARAGON *Le collaborateur et autres nouvelles* (Folio n° 3618)

I. ASIMOV *Mortelle est la nuit* précédé de *Chantecloche* (Folio n° 4039)

H. DE BALZAC *L'Auberge rouge* (Folio n° 4106)

T. BENACQUISTA *La boîte noire et autres nouvelles* (Folio n° 3619)

K. BLIXEN *L'éternelle histoire* (Folio n° 3692)

M. BOULGAKOV *Endiablade* (Folio n° 3962)

R. BRADBURY *Meurtres en douceur et autres nouvelles* (Folio n° 4143)

L. BROWN *92 jours* (Folio n° 3866)

S. BRUSSOLO	*Trajets et itinéraires de l'oubli* (Folio n° 3786)
J. M. CAIN	*Faux en écritures* (Folio n° 3787)
A. CAMUS	*Jonas ou l'artiste au travail* suivi de *La pierre qui pousse* (Folio n° 3788)
T. CAPOTE	*Cercueils sur mesure* (Folio n° 3621)
T. CAPOTE	*Monsieur Maléfique et autres nouvelles* (Folio n° 4099)
A. CARPENTIER	*Les Élus et autres nouvelles* (Folio n° 3963)
C. CASTANEDA	*Stopper-le-monde* (Folio n° 4144)
M. DE CERVANTÈS	*La petite gitane* (Folio n° 4273)
R. CHANDLER	*Un mordu* (Folio n° 3926)
G.K. CHESTERTON	*Trois enquêtes du Père Brown* (Folio n° 4275)
E. M. CIORAN	*Ébauches de vertige* (Folio n° 4100)
COLLECTIF	*Au bonheur de lire* (Folio n° 4040)
COLLECTIF	*« Dansons autour du chaudron » Les sorcières de la littérature* (Folio n° 4274)
COLLECTIF	*Des mots à la bouche* (Folio n° 3927)
COLLECTIF	*« Il pleut des étoiles »* (Folio n° 3864)
COLLECTIF	*« Leurs yeux se rencontrèrent… »* (Folio n° 3785)
COLLECTIF	*« Ma chère Maman… »* (Folio n° 3701)
COLLECTIF	*« Mourir pour toi »* (Folio n° 4191)
COLLECTIF	*« Parce que c'était lui ; parce que c'était moi »* (Folio n° 4097)
COLLECTIF	*Un ange passe* (Folio n° 3964)
CONFUCIUS	*Les Entretiens* (Folio n° 4145)
J. CONRAD	*Jeunesse* (Folio n° 3743)
J. CORTÁZAR	*L'homme à l'affût* (Folio n° 3693)

D. DAENINCKX — *Ceinture rouge* précédé de *Corvée de bois* (Folio n° 4146)

D. DAENINCKX — *Leurre de vérité et autres nouvelles* (Folio n° 3632)

R. DAHL — *L'invité* (Folio n° 3694)

R. DAHL — *Gelée royale* précédé de *William et Mary* (Folio n° 4041)

S. DALI — *Les moustaches radar (1955-1960)* (Folio n° 4101)

M. DÉON — *Une affiche bleue et blanche et autres nouvelles* (Folio n° 3754)

D. DIDEROT — *Lettre sur les aveugles à l'usage de ceux qui voient* (Folio n° 4042)

R. DUBILLARD — *Confession d'un fumeur de tabac français* (Folio n° 3965)

S. ENDO — *Le dernier souper et autres nouvelles* (Folio n° 3867)

ÉPICTÈTE — *De la liberté* précédé de *De la profession de Cynique* (Folio n° 4193)

W. FAULKNER — *Le Caïd et autres nouvelles* (Folio n° 4147)

W. FAULKNER — *Une rose pour Emily et autres nouvelles* (Folio n° 3758)

F. S. FITZGERALD — *La Sorcière rousse* précédé de *La coupe de cristal taillé* (Folio n° 3622)

F.S. FITZGERALD — *Une vie parfaite* suivi de *L'accordeur* (Folio n° 4276)

C. FUENTES — *Apollon et les putains* (Folio n° 3928)

GANDHI — *La voie de la non-violence* (Folio n° 4148)

R. GARY — *Une page d'histoire et autres nouvelles* (Folio n° 3753)

J. GIONO — *Arcadie... Arcadie...* précédé de *La pierre* (Folio n° 3623)

J. GIONO — *Prélude de Pan et autres nouvelles* (Folio n° 4277)

W. GOMBROWICZ — *Le festin chez la comtesse Fritouille et autres nouvelles* (Folio n° 3789)

H. GUIBERT — *La chair fraîche et autres textes* (Folio n° 3755)

E. HEMINGWAY — *L'étrange contrée* (Folio n° 3790)

E. HEMINGWAY — *Histoire naturelle des morts et autres nouvelles* (Folio n° 4194)

C. HIMES — *Le fantôme de Rufus Jones et autres nouvelles* (Folio n° 4102)

E. T. A. HOFFMANN — *Le Vase d'or* (Folio n° 3791)

P. ISTRATI — *Mes départs* (Folio n° 4195)

H. JAMES — *Daisy Miller* (Folio n° 3624)

T. JONQUET — *La folle aventure des Bleus...* suivi de *DRH* (Folio n° 3966)

F. KAFKA — *Lettre au père* (Folio n° 3625)

J. KEROUAC — *Le vagabond américain en voie de disparition* précédé de *Grand voyage en Europe* (Folio n° 3694)

J. KESSEL — *Makhno et sa juive* (Folio n° 3626)

R. KIPLING — *La marque de la Bête et autres nouvelles* (Folio n° 3753)

LAO SHE — *Histoire de ma vie* (Folio n° 3627)

LAO-TSEU — *Tao-tö king* (Folio n° 3696)

J. M. G. LE CLÉZIO — *Peuple du ciel* suivi de *Les bergers* (Folio n° 3792)

H. P. LOVECRAFT — *La peur qui rôde et autres nouvelles* (Folio n° 4194)

P. MAGNAN — *L'arbre* (Folio n° 3697)

K. MANSFIELD — *Mariage à la mode* précédé de *La Baie* (Folio n° 4278)

G. DE MAUPASSANT — *Le Verrou et autres contes grivois* (Folio n° 4149)

I. McEWAN — *Psychopolis et autres nouvelles* (Folio n° 3628)

P. MICHON	*Vie du père Foucault – Vie de Georges Bandy* (Folio n° 4279)
H. MILLER	*Plongée dans la vie nocturne...* précédé de *La boutique du Tailleur* (Folio n° 3929)
S. MINOT	*Une vie passionnante et autres nouvelles* (Folio n° 3967)
Y. MISHIMA	*Dojoji et autres nouvelles* (Folio n° 3629)
Y. MISHIMA	*Martyre* précédé de *Ken* (Folio n° 4043)
M. DE MONTAIGNE	*De la vanité* (Folio n° 3793)
E. MORANTE	*Donna Amalia et autres nouvelles* (Folio n° 4044)
V. NABOKOV	*Un coup d'aile* suivi de *La Vénitienne* (Folio n° 3930)
P. NERUDA	*La solitude lumineuse* (Folio n° 4103)
F. O'CONNOR	*Un heureux événement* suivi de *La Personne Déplacée* (Folio n° 4280)
K. OÉ	*Gibier d'élevage* (Folio n° 3752)
L. OULITSKAÏA	*La maison de Lialia et autres nouvelles* (Folio n° 4045)
C. PAVESE	*Terre d'exil et autres nouvelles* (Folio n° 3868)
C. PELLETIER	*Intimités et autres nouvelles* (Folio n° 4281)
L. PIRANDELLO	*Première nuit et autres nouvelles* (Folio n° 3794)
E. A. POE	*Aventure sans pareille d'un certain Hans Pfaall* (Folio n° 3862)
R. RENDELL	*L'Arbousier* (Folio n° 3620)
P. ROTH	*L'habit ne fait pas le moine* précédé de *Défenseur de la foi* (Folio n° 3630)
D. A. F. DE SADE	*Ernestine. Nouvelle suédoise* (Folio n° 3698)

D. A. F. DE SADE	*La Philosophie dans le boudoir* (Les quatre premiers dialogues) (Folio n° 4150)
A. DE SAINT-EXUPÉRY	*Lettre à un otage* (Folio n° 4104)
J.-P. SARTRE	*L'enfance d'un chef* (Folio n° 3932)
B. SCHLINK	*La circoncision* (Folio n° 3869)
L. SCIASCIA	*Mort de l'Inquisiteur* (Folio n° 3631)
SÉNÈQUE	*De la constance du sage* suivi de *De la tranquillité de l'âme* (Folio n° 3933)
G. SIMENON	*L'énigme de la* Marie-Galante (Folio n° 3863)
D. SIMMONS	*Les Fosses d'Iverson* (Folio n° 3968)
J. B. SINGER	*La destruction de Kreshev* (Folio n° 3871)
P. SOLLERS	*Liberté du XVIIIème* (Folio n° 3756)
STENDHAL	*Féder ou Le Mari d'argent* (Folio n° 4197)
R. L. STEVENSON	*Le Club du suicide* (Folio n° 3934)
I. SVEVO	*L'assassinat de la Via Belpoggio et autres nouvelles* (Folio n° 4151)
R. TAGORE	*La petite mariée* suivi de *Nuage et soleil* (Folio n° 4046)
J. TANIZAKI	*Le coupeur de roseaux* (Folio n° 3969)
J. TANIZAKI	*Le meurtre d'O-Tsuya* (Folio n° 4195)
A. TCHEKHOV	*Une banale histoire* (Folio n° 4105)
L. TOLSTOÏ	*Le réveillon du jeune tsar et autres contes* (Folio n° 4199)
I. TOURGUÉNIEV	*Clara Militch* (Folio n° 4047)
M. TOURNIER	*Lieux dits* (Folio n° 3699)
M. VARGAS LLOSA	*Les chiots* (Folio n° 3760)
P. VERLAINE	*Chansons pour elle et autres poèmes érotiques* (Folio n° 3700)
L. DE VINCI	*Prophéties* précédé de *Philosophie et Aphorismes* (Folio n° 4282)

VOLTAIRE	*Traité sur la Tolérance* (Folio n° 3870)
H. G. WELLS	*Un rêve d'Armageddon* précédé de *La porte dans le mur* (Folio n° 4048)
E. WHARTON	*Les lettres* (Folio n° 3935)
O. WILDE	*La Ballade de la geôle de Reading* précédé de *Poèmes* (Folio n° 4200)
R. WRIGHT	*L'homme qui vivait sous terre* (Folio n° 3970)

Composition Nord Compo
Impression Novoprint
à Barcelone, le 7 décembre 2005
Dépôt légal : décembre 2005

ISBN 2-07-031984-9./Imprimé en Espagne

139362